幻想　case-1

十香等人拍寫真】

士道「那麼，各位，要拍照囉～～擺個姿勢吧！」

十香「姿勢？這樣可以嗎？」

四糸乃『我……我不太會擺……』

琴里「喔～隨便擺擺就可以了啦。」

折紙「…………（偷瞄、偷瞄）」

十香『唔？鳶一折紙，妳這傢伙，幹嘛從剛才就一直在調整泳裝啊？』

折紙「最容易讓男人小鹿亂撞的舉動，就是調整陷進肉裡的泳裝。這樣子，士道就會緊盯著我看。」

十香『妳……妳說什麼！是這樣嗎！』

四糸乃「可……可是，士道他……」

琴里「哎呀，士道可是在看別的地方呢。他的視線是看著……」

十香『令……令音！』

令音「……嗯？什麼事？」

琴里「怎麼可以這樣……竟然將小熊娃娃塞到乳溝裡……！」

折紙「……還有這一招嗎——〈隱居者(Hermit)〉，手偶借我。」

四糸乃「咦……咦……！」

十香「喂，鳶一折紙！妳想幹嘛！」

琴里「對啊！再說，憑妳的胸部——」

折紙『不試試看怎麼知道。』

四糸乃『嗚……嗚……啊……啊啊啊……！』

（之後，在結冰的游泳池裡，發現了三名少女的身影。）

【約會大幻想 case-2
如果狂三融入日常生活中】
某一天假日剛過正午不久，十香和其他精靈一起去逛複合精品店。
「大家，妳們看這個！毛茸茸的喔！」
十香說完，拿起放在附近的兔毛包包。
「哎呀，很不錯嘛。」
「很……可愛。」
琴里和四糸乃面帶微笑地稱讚。然後，狂三也綻放笑容說：
「是啊，很漂亮呢──那個剝下可愛小兔子的毛皮做成的包包。」
「……」
聽見狂三說的話，所有人沉默不語。
「琴……琴里！妳肚子餓不餓？隔壁餐廳的義大利肉醬麵超好吃的喔！我們去吃吧！」
「也……也好！這提議不錯呢！」
「好……好像很好吃……」
然後狂三也點了點頭贊同，附和她們說道：
「是啊，聽起來很好吃呢──就像滴著血的內臟一樣。」
「……」
三人再次陷入沉默。
「吃……吃飯之前，要不要再稍微逛一下？」
「也……也好。這提議不錯呢！」
「那……那裡有一間寵物店……」
四糸乃話還沒說完，琴里就慌慌張張地用手摀住她的嘴。
「四糸乃，不行啦。要是去逛寵物店，狂三一定會說：『這些賣不出去的孩子們之後會到

哪去呢……」
「啊……！」
四糸乃驚覺般抖了一下肩膀。
然而，為時已晚。狂三已經走進了寵物店。
「唔……」
不過，其他人馬上便察覺到異狀。
狂三凝視著被關在籠子裡的小貓咪，臉頰突然泛紅。
「……十香、四糸乃。」
聽見琴里的叫喚，十香和四糸乃點了點頭，得到店員的許可後，抱起其他籠子的小貓咪，走向狂三。
「狂三、狂三。」
「？什麼事……呀！」
回過頭的狂三揚起不像她會發出的尖叫聲。
這也難怪。因為狂三現在的視野裡，被一群毛茸茸又軟綿綿的小貓咪包圍。
「請……請不要這樣……！」
狂三滿臉通紅，扭動著身軀。不過，十香她們並沒有停止拿小貓咪磨蹭狂三。
「喂……不……不要啊啊啊啊！」
狂三那分不清是哀號還是陶醉的叫聲，響徹整間寵物店。

【約會大幻想　case-3
如果折紙和真那是姊妹】

「呼啊……」

早晨，真那打了一個大呵欠並走下一樓後，發現廚房裡早已有人的氣息。

「啊，姊姊，妳早啊～」

「早。」

真那的姊姊折紙面不改色地看向她。

看來似乎正在準備早餐。真那隨意洗了洗臉和手，圍上掛在旁邊的圍裙站到折紙身旁。

「真那？」

「偶爾也讓我幫忙一下。」

「可是……」

「這有什麼關係嘛，我們是姊妹啊，用不著跟我客氣啦。」

「是嗎？那就麻煩妳幫我把高麗菜切成絲。」

「了解！」

真那抽出菜刀後，從冰箱裡拿出高麗菜，輕快地在砧板上刻劃出節奏。

然而——

「啊，好痛……！」

指尖突然產生的疼痛令真那皺起眉頭。她朝指尖看去，發現正滲著血。看來似乎是切到手指了。

「妳沒事吧？」

「啊……啊哈哈……還真是丟臉。我還沒睡醒嗎～不好意思，我去找一下ＯＫ繃——」

真那在這時止住了話語。理由很單純，因為折紙拉起真那的手，伸出舌頭舔她滲血的手指。

「姊……姊姊？」

「這樣就不會痛了。我們是姊妹，這麼做是理所當然。」

「呃……呃……」

真那感到有些難為情，羞紅了臉並移開視線。

不過，她馬上就發覺情況不太對勁。

折紙……未免也舔得過火了吧。

舔舔。舔舔。

「那……那個，姊姊？」

啪喳啪喳……舔舔舔舔。

「呃……已經沒關係了。」

啾啵！啾啵！囌囌囌！

「喂……姊……姊姊！」

真那按住折紙的頭，硬是把手抽回來。折紙露出目瞪口呆的表情。

「怎麼了？」

「這句話應該是我要問妳吧……！妳到底
在幹什麼啊！』
『因為我發現一件非常不得了的事。」
『發現……？發現什麼？」
折紙正經八百地繼續回答真那的問題：
「真那，妳是士道的親妹妹。也就是說，
妳身體的成分跟士道一樣。」
「咦……？那個，姊姊？」
「理論上，味道應該是一樣的。」
「等一下……！現在真那的設定不是哥
哥，而是姊姊妳的妹妹耶……！」
「設定什麼的，現在根本不重要。過來，
妳的傷還沒治好。」
「嗚……嗚啊啊啊啊啊啊啊！」
真那脫下圍裙，一溜煙地逃跑了。

DATE A LIVE ENCORE 2

HuntersSHIDO,Summervacation Unidentified,Brother Unidentified,KinggameSPIRIT,
ContestTENOHSAI,The strongest dayELLEN MIRA MATHERS.

CONTENTS

約會大作戰

安可短篇集 2

橘 公司

Koushi Tachibana

Kadokawa Fantastic Novels

彩頁／內文插畫　つなこ

精靈

THE SPIRIT

存在於鄰界，被指定為特殊災害的生命體。發生原因、存在理由皆為不明。
現身在這個世界時，會引發空間震，給周圍帶來莫大的災害。
再者，其戰鬥能力相當強大。

處置方法1

WAYS OF COPING 1

以武力殲滅精靈。
但是如同上文所述，精靈擁有極高的戰鬥能力，所以這個方法相當難以實現。

處置方法2

WAYS OF COPING 2

——與精靈約會，使她迷戀上自己。

安可短篇集2

DATE A LIVE ENCORE 2

SpiritNo.4
Height 144 Three size B73/W55/H78

狩獵士道

HuntersSHIDO

DATE A LIVE ENCORE 2

「呼……呼……」

五河士道倚靠在幽暗小巷裡的牆邊，神情痛苦地喘著息。

他盡可能不發出聲音地重新摟好原本雙手拿著的購物袋，戰戰兢兢地窺探大馬路的情況。

當然，士道並非為了成為忍者而在勤奮地修行，也不是超級喜歡潛藏在小巷子裡。士道會待在這種地方是有理由的。

他皺起眉頭，側耳傾聽，便聽見怒吼般的聲音從大馬路的方向傳來。

「——在哪裡！跑到哪裡去了？」

「往那邊走！不要讓他逃了！」

「好……好的！」

「……」

與此同時，響起啪躂啪躂的腳步聲，逐漸逼近士道。

沒錯。士道現在正被好幾個追兵追捕。

「這到……到底是……怎麼回事啊……！」

士道語帶哀號，並且緊抓住購物袋，打算衝出小巷子。

然而就在那一瞬間，一名少女跳到士道的前方。

那是一名擁有一頭漆黑長髮以及水晶眼瞳的可愛少女。不過，她那雙美麗的眼眸，如今卻宛如凶猛的捕食者般炯炯發光。

「！找到你了，士道！」

少女——夜刀神十香如此吶喊，奔向士道。

「十……十香……！」

士道頓住呼吸，連忙改變逃跑的方向，衝向大馬路。

「等一下！你幹嘛逃跑啊！」

「誰教妳們要追我啊！妳們的目的到底是什麼啦！」

「那就是——喝啊！」

當士道從小巷子跑進大馬路的時候，十香朝地面一蹬，凌空躍起，跳得老遠。

「嗚……嗚哇！」

這精采絕倫的大跳躍，要是現場有田徑社的顧問在，肯定會挖角吧。士道就這麼被十香從背後撲倒在馬路正中央。

「很好，終於抓到你囉，士道！」

十香這麼說著把士道的身體翻過來，跨坐在他身上，目不轉睛地凝視著他的眼睛。

然後——有些興奮地開啟雙唇：

「來吧，『和我——接吻吧』！」

某天假日傍晚，在購物客人聲鼎沸的商店街正中央。

十香說出了這句話。

「什……什麼……！」

士道不禁瞪大雙眼，如此回應。

「接……接吻……？」

「沒錯！接吻！」

然後，十香雖然臉頰微微泛紅仍大聲肯定，用力地點了點頭。

或許是看見這一幕，聚集在附近的購物人潮突然開始嘈雜了起來。不過，這也難怪吧。因為在這種熱鬧的街頭上演全武行之後，還嚷嚷著要接吻什麼的，不引人注意才怪。

士道尷尬地環顧四周後，張開手掌安撫十香。

「十……十香……總之，妳先冷靜下來，好嗎？」

「不行！沒時間這麼優哉游哉了！來吧，快點跟我接吻吧！」

十香一把抓住士道的手臂，整個人籠罩住士道，逼近他的臉。

「等……等一……！」

事情究竟為何會演變成這種地步……士道的皮膚感受著十香的呼吸，回想今天發生的事。

◇

——在陷入這種事態約一個小時前。

士道來到商店街購買晚餐的材料。

今天沒人作陪，只有他一個人。有時候，妹妹琴里或是住在隔壁的十香會陪他一起買東西，但琴里今天說什麼有想看的電視節目，所以留在家裡。

「好了……今天要做什麼菜呢？」

士道低聲呢喃著左顧右盼，走在商店街上尋找食材。

或許是假日的關係，街上人潮不少，不時能看見應該是跟士道一樣來買晚餐材料的主婦們、看似正在散步的老人，以及疑似觀光客的人。

正當士道在腦海中衡量晚餐是要做烤魚還是薑汁炒豬肉時，右邊傳來某種聲音。

『——是，名字縮寫為S・I的人。你今天會得知自己命中注定的人是誰吧。是認識新的朋友呢……還是早已陪伴在身邊的人呢……辨別的重點是——』

看來似乎是陳列在電器行店頭的電視聲。戴著兜帽遮住眼睛的女性正把手放在水晶球上方。似乎是占卜節目。

說起來，琴里非常喜歡占卜，甚至每天早上去上學之前，都會到處轉台看血型或星座占卜的節目。搞不好琴里說有想看的電視節目，就是指這個吧。

此時，士道突然想起一件事。

「……說到這裡，遙控器的電池沒電了呢。」

士道低喃，然後走進電器行。雖說這家店不同於大型的家電量販店，是一間主要以下訂之後才會出貨的販賣方式以及修理家電來賺取營收的個人經營店，但總該有賣電池吧。

「嗯……」

不出所料，牆邊有個擺放電池的區域。士道從中拿起四顆裝的四號電池去結帳。

「咦？說起來……」

走出店家的士道輕聲說道。他突然想起剛才聽到的占卜節目的聲音。

名字縮寫是Ｓ・Ｉ的人……占卜師確實是這麼說的。

士道的姓氏是五河。換句話說，他的名字縮寫是Ｓ・Ｉ（SHIDO ITSUKA）。

「什麼啊，早知道就仔細聽了。」

他輕聲笑了笑，並且聳了聳肩。

話雖如此，士道並不像琴里那麼喜歡占卜，也不相信這種事情。他沒怎麼放在心上，繼續走在路上。

然後在商店街逛了五十分鐘左右，士道一如往常地買好了晚餐的材料。

時間大概快下午五點吧。傾斜的太陽照射四周，開始在地面投下建築物拉長的影子。

意外地花了不少時間。要是不快點回家，就來不及準備晚餐了。

要買的東西只剩下用完的文具。快點買完好回家吧——士道如此心想，稍微加快了腳步。

——就在這個時候——

「嗯……？」

士道冷不防地停下腳步。因為前方站著一名熟悉的少女。

那名少女的特徵是擁有苗條纖細的身軀、一頭及肩的髮絲，以及如洋娃娃般的面容。不過，這個如洋娃娃般的形容，包含了端整的五官以及無法辨別出表情這兩種意思。

無庸置疑，她正是士道的同班同學，鳶一折紙。

「咦，折紙？真巧耶，妳也來買東西嗎？」

「對。」

「這樣啊。那我要走這邊，再見囉。」

士道說完後揮了揮手，打算踏上歸途。

然而，他的手卻被人從後方一把抓住，不得不停下腳步。

「好痛，幹……幹嘛啊？」

士道詢問後，折紙便以從她那纖細的手臂無法想像的握力壓制住士道的手腕，微微開口：

「過來這裡。」

「咦？」

士道雖然因突如其來的事態而瞪大了雙眼，但折紙似乎沒有要回答他的打算，就這麼抓著他的手，緩緩地逆向行走。

「哇，等……等一下，我得回家才行……」

「一下子就好。」

折紙不容分說地走到小巷子裡，把士道逼到牆邊，咚的一聲把手抵在士道臉龐旁邊的牆面上，不讓他逃跑……總覺得男女的位置好像相反了。

不過，士道沒有心情指出這一點。折紙瞇起雙眼，將她的臉緩緩靠近士道。

「折……折紙……！」

「不要動。安分一點的話，馬上就結束了。」

「不……不是啦……那個……」

士道整張臉冒出冷汗，發出高八度的聲音。然而，折紙並沒有停止她的舉動，緩慢但確實地將臉逼近到士道能感受到她氣息的位置——

「啊——！妳這傢伙，在……在幹什麼啊！」

剎那間，從大街的方向傳來熟悉的吶喊聲。

「咦……？」

士道呆愣地瞪大雙眼。於是下一瞬間，一雙手從旁伸進士道與折紙的中間，用力分開兩人的身體。

「你沒事吧，士道！」

「十……十香……？」

沒錯。聲音的主人便是理應在家中等待的十香。

「鳶一折紙妳這傢伙！不用上學就在這種地方看到妳！真是一刻都不能大意！」

「那是我要說的吧。真是走到哪就跟到哪的跟屁蟲，白蟻都還比妳可愛。」

「妳……妳說什麼！」

十香暴跳如雷。該說是果不其然嗎？這兩人似乎還是一樣不對頭。

不過這或許也是無可奈何的事。畢竟這兩個人直到數個月之前還認真互相廝殺過。

其實，十香並非人類。

而是會危害人類、世界，被指定為特殊災害的生命體，俗稱精靈的存在。

雖然現在透過某種方式封印她的力量，狀態幾乎與人類沒什麼差別……但與隸屬於以殲滅精靈為目的的組織——AST的折紙，仍是水火不容。

即使如此，也不能就這麼放任兩人繼續吵架。士道發出聲音，吸引十香的注意力。

「十香，妳怎麼會在這裡？」

「！喔喔，對喔。我才沒時間管鳶一折紙呢。」

十香深深地點了點頭後露出鋒利的視線，突然撲向士道。

「嗚哇！」

士道在千鈞一髮之際閃過十香。十香衝勁過猛，一頭撞上士道原本在的牆面。

「咕哇！唔……唔……士道，你幹嘛閃開啊？」

「那是我要問的吧！妳幹嘛突然……」

就在這個時候，士道赫然頓住了呼吸。因為剛剛才被十香強硬分開的折紙對他投以銳利的視線。同時，重新調整好姿勢的十香再次面向士道。

「幹……幹嘛……」

十香與折紙。兩人緊盯著士道，令他不由自主地往後退。

這兩人到底是怎麼回事啊？雖然兩人平時的行為大多令人難以理解，但這次明顯不正常。

「士道！」

此時，後方又響起了耳熟的聲音。

往聲音來源一看，發現那裡站著兩名個子嬌小的女孩。一名少女用黑色緞帶將長髮綁成雙馬尾，個性看起來很好強；而另一名少女則是把帽子戴得低低的，左手套著兔子手偶，一臉怯生生的模樣。

沒錯。她們是和十香一樣，理應在五河家等待士道歸來的琴里和四糸乃。

「琴里、四糸乃！」

士道一邊注意十香和折紙的狀態，一步一步向後退。然後，對身後的兩人輕聲說道：

「喂……喂，她們到底怎麼了啊？樣子好像怪……」

話才說到一半，士道便停住了腳步。

理由非常簡單。因為連占據士道後方的琴里，以及平常乖巧的四糸乃，也顯露出些許激動的模樣，目不轉睛地盯著士道。

「……四糸乃，我們暫時合作吧。」

「咦……？啊，好……好的……！」

「妳繞到那邊去，在鳶一折紙得逞之前，先抓住士道！」

「好……好的……！」

「什麼……！」

士道一雙眼睛瞪得老大。這也難怪吧。因為連琴里和四糸乃都像是鎖定士道一般，開始慢慢地拉近距離。

「等……等一下！妳們到底要幹嘛啦！」

「少廢話。稍微閉上你的嘴，乖乖讓我抓。」

「不是嘛，總該告訴我理由——」

「喝啊！」

琴里不容分說地試圖揪住士道。但士道在岌岌可危之際閃過了琴里的攻勢。

照理說，以她們的體格無法制伏士道。但不知為何，士道本能地感到害怕，朝建築物與建築物之間的狹窄通道狂奔而去。

「啊，士道！」

「嘖……要追上去囉，十香、四糸乃！」

士道逃跑後，後方傳來這樣的聲音。

——然後，時間來到現在。

士道回想過去，依然完全不知道理由。他在人來人往的道路上被十香壓倒在地，同時將混亂的思緒轉換成呻吟聲。

「等……等一下！為什麼突然又要接吻啊……」

「唔？嗯，那是因為啊——」

「哇！」

當十香正想回答的時候，從後方跑來的琴里大聲叫喊。與此同時，不知不覺逼近過來的折紙用力抓住十香的臉，將她拉離士道身邊；四糸乃則順勢拉起士道的手，幫他原地站起身來。

兩人合作無間，簡直像是事先商量好似的配合得完美無缺。

「嗚哇噗！妳……妳幹嘛啦！」

十香撥開折紙的手，對她投以凶惡的視線。這時，琴里闖了進來，好像在對十香竊竊私語。

「唔……？這是祕密嗎？為什麼？」

「問我為什麼……這個嘛，呃……要是士道知道就沒有效了。」

「是……是這樣嗎！那可就傷腦筋了呢。」

說是悄悄話，兩人對話的音量倒是挺大的。之後，十香面向士道。

「因為某些原因，我不能說理由。不過……希望你跟我接吻。」

「這……這個嘛，竟然不能說出理由，怎麼可以……」

「不行嗎？士道……」

「唔……」

十香露出泫然欲泣的悲傷表情。士道不知該怎麼回答，臉頰流下一條汗水。

「不……也不是……不行啦……」

「真的嗎！那麼，你願意吻我囉？」

「呃，呃……」

士道露出困擾的神情，轉動眼珠子環顧四周。

因為在大馬路中央接吻接吻地喊個不停，完美地吸引了眾多路人的目光。孩童一臉不解地用手指著這裡，母親則制止孩童的行為。這條商店街有許多熟面孔，要是事情繼續鬧大，以後就不好光顧這條商店街了。士道想避免這種情形發生。

另外，也不能忘記在極近距離之下，還有三個更重大的問題。

那就是興致缺缺地交抱雙臂，但不知為何卻心神不寧地望向士道和十香的琴里；慌慌張張、靜不下心，仰望這裡的四糸乃——以及散發出若是十香實際有所行動，有可能會毫不猶豫地刨破十香喉嚨這種氣息的折紙。

士道被這三人投射出的三種視線注視著，嚥了一口口水濕潤喉嚨。

「那……那麼，這樣做吧。如果妳今天一整天都很乖巧，我就獎勵妳……」

「唔？」

士道提出這項建議後，十香便將眼睛瞪得圓滾滾的。

「唔……如果我今天一整天都很乖，你就會親我嗎？」

「對，沒錯。這樣如何……？」

「嗯，我知道了！我會乖乖的！」

十香笑容滿面地點了點頭。士道「呼～」地吐了一口安心的氣息。

雖然感覺最基本的問題根本沒有解決，但總之是避免了最糟糕的事態。琴里和四糸乃倒還好，要是在折紙面前打算跟十香接吻，下場會變得如何，士道想都不敢想。

士道瞥了一眼折紙，想要偷看她的表情，結果……卻正好與她對上視線。

「用這招敷衍小孩很不錯——我不會當真。」

折紙用像是警告士道的語氣，口是心非地說道。士道感覺冷汗直流的背部一陣發涼，無力地露出笑容。

不過……不能一直像這樣放鬆下去。因為現在仍不知道大家追捕士道的原因。

「……所以，妳們……到底為什麼要追我啊？」

士道說完後，琴里便抽動了一下眉尾。

「討……討厭啦……只是因為想看的節目播完了，來幫你採買東西啦。你看，你有那麼多東西要提。對吧，四糸乃？」

「咦……？」

話題突然轉移到自己身上，四糸乃瞪大了雙眼。

「……是這樣嗎？」

「咦，呃……是……是的……沒錯。」

「……」

雖然聽起來非常可疑，但既然四糸乃都這麼說了，事實肯定就是如此吧。士道固然感到納悶，但還是姑且接受了這個理由。

「那……那麼……我們去買剩下要買的東西吧。」

「嗯，也是——好了，十香和四糸乃也走吧。」

兩人聽從琴里的話，跟在士道的後頭。不知為何，連折紙也跟了上來。

「折紙？」

「——我也去。我也是來買跟士道一樣的東西。」

「開……開什麼玩笑啊！」

聽見折紙的回答，大聲叫喊的是十香。她握緊拳頭，氣沖沖地露出銳利的視線。

「妳這傢伙幹嘛跟來啊！各自分開去買不就好了！」

「要我說的話，妳的存在才令人費解。妳為什麼想跟士道一起走？沒事的話，就應該快點滾回去。Pussy, go home.」

「妳說什麼，混帳！」

十香「咚！」的一聲用力跺了腳。此時，琴里狠狠地瞪向折紙。

「……鳶一折紙，妳該不會也看了那個節目——」

「……」

折紙不承認也不否認，突然挪開視線。

不知琴里是如何解讀折紙的反應，只見她用鼻子哼了一聲，豎起含在嘴裡的糖果棒。

不過，十香激動的情緒似乎還沒有平復，依然氣呼呼的。士道連忙介入兩人之間。

「好……好了，等一下啦。大家一起去不就好了？對吧？」

「唔……」

「……」

十香雖然一臉不滿，但還是心不甘情不願地吐了一口氣，像是表示同意；折紙則沉默不語地別開視線。看來兩人似乎都答應了士道的提議。

「……事情就是這樣，妳們兩個也同意嗎？」

士道說完，這次望向琴里和四糸乃。於是，琴里一臉無趣地皺緊眉頭，而四糸乃則像是在躲避折紙的視線般壓低草帽的帽簷……老實說，兩人似乎都不太擅長面對折紙。

這也難怪。因為琴里和四糸乃兩人過去也跟十香一樣擁有精靈的力量，曾經和折紙敵對。

不過，兩人似乎沒有幼稚到肆無忌憚地表露出厭惡的情緒。琴里看似無奈，四糸乃則有些猶豫地點了點頭。

「哼……算了。她要是不見人影，反而令人更毛。」

「我……我……無所謂……」

「嗯，謝謝妳們囉。」

士道吐出安心的氣息後，跟大家一起邁步走在商店街的路上。

……然而，問題卻完全沒有解決。

假如換算成實際的時間，肯定連十分鐘都不到吧。不過士道卻像是在大熱天底下，徘徊在沙漠中好幾個小時般，感到十分疲憊。

理由非常單純。

「……」

因為琴里、折紙、十香還有四糸乃……

分別占據了士道的前、後、左、右，將他團團包圍，散發出某種異樣的壓力。

說得正確一點，十香只是一如往常地警戒著折紙，但其他三人散發出的氛圍明顯不同於平常。不知為何，大家都一副靜不下心來的樣子，不時窺探士道，宛如屏氣凝神地等待著獵物變虛弱的猛禽。

「這……這到底是怎樣啊……」

當士道被強烈的緊張感包圍，走在路上時，右邊傳來竊竊私語的說話聲。

「……我說啊，必須主動出擊才行啦～應該要霸氣一點……」

「咦……可……可是……碰不到啦……」

看來，四糸乃似乎正在跟兔子手偶「四糸奈」長談。雖然無法連談話內容都聽得一清二楚，但隱約可以知道「四糸奈」似乎正在煽動四糸乃做某件事。

「沒問題、沒問題，行得通啦。」

「是……是嗎……」

接著，對談了幾次之後，四糸乃一臉不安又像下定決心般輕輕點了點頭，頓時——

「呀……！」

發出尖叫聲，當場跌了一跤。

「四糸乃？妳還好嗎？」

士道望向四糸乃後，彎下膝蓋朝她伸出手。

「手給我。走路小心點喔。」

「啊……好……好的……謝謝你……」

四糸乃如此說道，同時伸出手去握士道的手。

就在這一瞬間，四糸乃左手的「四糸奈」壓低聲音說道：

「……四糸乃！趁現在！」

「……！咦，呃……嗯……」

在這道聲音的催促下，四糸乃點了點頭，一把抓住士道的手站起來。

接著，直接逼近膝蓋跪地的士道的臉，隨後——

「啾！」的一聲。

四糸乃的嘴唇碰到了……

——在前一刻插進兩人之間的折紙的手背。

「咦……！」

四糸乃呆愣地將眼睛睜得圓滾滾的。

然後，折紙迅速地牽起四糸乃原本拉著士道的手，拍了拍她被灰塵弄髒的裙子。

「折紙？」

士道一臉意外地瞪大了雙眼。

這也難怪。四糸乃是精靈，而折紙是ＡＳＴ成員。現在雖然偵測不到靈波反應，但兩方的關係也難以稱得上良好。老實說，士道要大家同意折紙結伴而行的原因之一，是希望藉由一起行動稍微改善這種微妙的關係。

——難不成，折紙在擔心四糸乃……？

士道凝視著兩人，結果折紙看著四糸乃開口說道：

「『不小心一點的話，很危險。』」

折紙加強抑揚頓挫如此說道，隔著帽子胡亂摸了摸四糸乃的頭。

不知為何，明明是一句溫柔的話語，她的語調卻彷彿發出嚴正的警告般充滿威嚇感。實際上，被摸頭的四糸乃「噫！」的一聲說不出話來，像一隻淋雨的吉娃娃不停地顫抖。

「呃，呃……」

「繼續走吧。」

當士道的臉頰冒出冷汗，感到不知所措時，折紙回到士道的背後如此低喃，並且推了推士道的背催他前進。

過了不久後，士道受緊張折磨，踏著步伐前進時，突然有人從後方拍了拍他的肩膀。

「嗯？」

有什麼事嗎？士道停下腳步，回頭望向後方——

「唔哇！」

接著不由自主地縮了身體大叫出聲。

因為在他回過頭的瞬間，折紙的臉填滿了他的視野。看來她似乎是在踮起腳尖緊緊挨近士道背部的同時，拍了他的肩膀。

「嗯……」

折紙面不改色地將臉湊得更近。由於事發突然，士道的頭腦一片混亂，只是呆站在原地不得動彈。

沒多久，折紙的唇觸碰到士道的唇——

——的前一刻，士道的袖子被人用力拉扯，將他的身體拉向後方。

「哇……」

士道的身體突然失去平衡，當場跪倒在地。他驚訝地看向自己的身邊，發現原本走在前方的琴里正緊緊抓著他的袖子。

「哎呀，妳找我家哥哥有事嗎，鳶一小姐？」

「……」

琴里挑起眉毛，狂妄地微微一笑。折紙的表情雖然沒有絲毫改變……但不知為何，她的背後好像散發出一股怒氣。

「好了，我們走吧。快站好，士道。」

「嗯，好……」

受到琴里的催促，士道拍了拍膝蓋站起來，再次邁開腳步前進。

過了幾分鐘，這次換琴里不時偷看士道。

「琴里？有什麼事嗎？」

「咦？啊啊……嗯，我想到有一件事必須先跟你說……」

「必須先跟我說的事情……是什麼？」

士道說完，琴里環顧四周之後輕輕對他招了招手。

「……你耳朵可以靠過來一下嗎？」

她稍微低下頭，臉頰微微泛紅地如此說道。

這不像琴里會做出的舉動，令士道感到疑惑——但他馬上又改變想法。

搞不好是要說跟〈拉塔托斯克〉有關的事。如果是這樣，折紙在的情況之下，的確無法太大聲說話吧。

「嗯，我知道了。」

士道說完微微彎下腰，將耳朵朝向琴里。

結果，琴里不知為何臉頰變得更紅，將嘴巴慢慢靠近士道的耳邊。

下一瞬間，柔軟的觸感碰到了士道的臉頰。

沒錯。那是琴里水嫩而微濕的嘴唇——

才怪。是莫名有種毛茸茸的觸感。

「嗯？」

士道覺得奇怪，轉過頭一探究竟。結果看見一隻白兔手偶的頭。四糸乃的左手伸到了士道與琴里的中間。

「嗯～琴里真是的，什、麼、事、呀？也說給四糸奈聽聽嘛～」

「唔……」

談話遭到「四糸奈」妨礙，琴里露出悔恨的表情，咬牙切齒。四糸乃一臉抱歉地說「那……那個……」並視線游移。

「喂、喂，四糸奈。不可以妨礙琴里說話吧……所以，琴里，妳到底要說什麼？」

「……算了。之後再說。」

「咦？不是急事嗎？」

「沒關係。並不是那麼緊急的事情……」

「是……是這樣嗎……？」

琴里撇過頭，環抱雙臂。這時，聽見「喀」一聲咬糖果的聲音。

「四糸奈」回到了四糸乃的懷裡，猛力地豎起一隻手。四糸乃看似慌張地抖了一下肩膀。

……怎麼回事？雖然不清楚理由，但士道強烈感受到自己的身邊正在進行激烈的攻防戰。

「到……到底發生了什麼事啊……」

士道以非常忐忑不安的心情發出呻吟。

◇

之後約過了三十分鐘。只不過去買個文具，也耗費太久的時間後，士道等人終於踏上歸途。

當然，回家的路途中，琴里、折紙和四糸乃等人也仍然持續著神祕的攻防戰。是一場不知究竟為了什麼原因、有何種目的，充滿緊張感的悄然戰爭。莫名其妙被扔進這場爭執之中的士道，宛如打開玉匣子的浦島太郎般憔悴不已。

「……那……那麼再見囉，折紙。我們要走這邊……」

終於來到了分隔五河家和折紙公寓的T字路口，士道以疲憊的聲音如此說道。

剎那間，琴里得意洋洋地從鼻間發出「哼哼」兩聲，四糸乃則鬆了一口氣。

……不知為何，與其說是能跟不擅面對的折紙分開而感到安心，看起來倒像是樂見競爭對手落敗的模樣。

相反的，折紙並沒有緊握拳頭也沒有露出鋒利的視線，只是緩緩地轉過身。

「那麼，再見了。」

「嗯，再見……」

折紙過於老實的態度令士道感到有些吃驚。不，照理來說，並沒有任何值得奇怪的地方，但對象是折紙的話，士道本來以為她會堅持跟到家裡。

不過，折紙並沒有耍任性，直接朝她的公寓方向邁步離開。十香朝她的背影呲牙裂嘴。

「好了，那我們也回家吧。」

「嗯……也對。」

士道點了點頭，朝五河家的方向走去。

可是不久後，士道突然抽動了一下眉尾。因為放進口袋裡的手機開始震動。

「嗯？是簡訊嗎……」

士道一邊說著一邊拿出手機，以熟練的動作開啟簡訊畫面。結果，發現是剛分開的折紙傳來的簡訊。

「今天晚上十一點半，不要告訴任何人，一個人到東天宮公園來。這件事嚴重關係到我們的將來。如果你沒來，我會發生慘事。」

「慘……慘事……？」

士道皺緊眉頭，發出沙啞的聲音。

「怎麼了，士道？」

「不……沒有，沒什麼事。」

要是讓別人知道折紙傳簡訊過來，可能又會演變成麻煩事。士道隨便蒙混過去，並且將手機收進口袋，不知是不是心理作用，感覺腳步加快了。

不一會兒，終於抵達懷念的家（沒在說笑，感覺超久沒回來了）。士道熟練地開啟門鎖，脫下鞋子，走進家中。

「我回來了……」

士道輕輕伸了伸懶腰如此說道。洗手、漱口完畢後，把剛才買齊的食材放到冰箱。

「……這個馬上就要用到了。」

士道說著將豬里肌、生薑和高麗菜放在廚房。就算再怎麼疲累，還是必須準備晚餐。

「喔喔，士道。你今天要做什麼菜？」

十香整個人靠在沙發椅背上，露出無憂無慮的眼神望向士道。士道輕輕點了點頭，同時開口說道：

「喔，今天要做薑汁炒豬肉。很下飯喔～」

「喔……喔喔……！」

十香的眼睛閃閃發光，嚥下一口口水。

士道看見她的模樣，不由得露出苦笑。能讓她這麼直率地感到開心，士道做起菜來也覺得很有成就感。

「很快就做好了，妳先收拾一下桌面吧。」

「嗯！交給我吧！」

十香精神百倍地點了點頭，便去收拾餐桌。士道看向客廳，發現四糸乃和琴里正在幫忙摺收進來的衣服……不過，兩人似乎一邊摺著衣服一邊小聲地嘀嘀咕咕。

「……所以，首先必須製造兩人獨處的機會才行啦。比如說，士道去廁所——」

「咦……可……可是……這怎麼可以……」

四糸乃似乎在和「四糸奈」說話。

「……該怎麼辦呢？這時候乾脆噴催眠瓦斯，讓他昏倒……不不不，這樣子跟那女人有什麼兩樣。這是最後的手段……」

琴里似乎一個人說著可怕的話。

士道歪著頭看著這幅情景，伸手去拿掛在椅子上的圍裙……中途卻停下了動作。

「對了，先去……」

士道一邊說著一邊離開廚房，走在走廊上。

因為他想起剛才一直被大家包圍，沒辦法去上廁所。最好在做菜之前解解手吧。

士道「喀嚓」一聲轉動門把，進入廁所。然後——

「咦？」

發出錯愕的聲音。因為在士道進去廁所的瞬間，四糸乃追在他後頭溜了進來。

「四……四糸乃？」

面對這意想不到的事態，士道發出高八度的聲音，然後「啊」的一聲，抽動了一下眉毛。

「難不成，妳也想上嗎？抱歉、抱歉，那我先出去——」

不過，當士道經過四糸乃身旁，想走到走廊的瞬間，四糸乃左手的「四糸奈」迅速地把門關上，然後「喀嚓」一聲，把門鎖了起來。

「咦……？妳……妳在幹什麼啊……？」

「快點，四～～糸乃。錯過這次機會，就再也沒有囉。」

「四糸奈」如此慫恿。於是羞紅雙頰的四糸乃像是下定決心般緊咬嘴唇，猛然抬起頭。

「不好意思，因為四糸奈說……如果不這樣……就沒辦法跟你獨處……所以……」

「跟我獨處……？怎麼回事？」

「那……那個……」

四糸乃如此說道，臉頰紅得讓人擔心她會不會冒出煙。看見她非比尋常的模樣，士道不由得也緊張了起來。

……他雖然十分明白四糸乃沒有那個意思，但士道也是個男孩子，跟像四糸乃這樣可愛的女孩單獨待在這種狹窄的密室裡，總覺得心跳有些加快。

不知是否了解士道這樣的心情，看起來比士道還要緊張好幾倍的四糸乃，下定決心接著說：

「那個……士道。」

「喔……喔。什麼事？」

「那個，雖然拜託你這種事情……可能很奇怪……不過，那個……如果可以的話……呃，不願意的話，拒絕也沒關係……」

「不，怎麼會呢。」

那個膽小又消極的四糸乃，竟然能努力到這種地步，肯定有很重大的事。士道目不轉睛地盯著四糸乃的眼睛，點了點頭。

「妳都鼓起勇氣拜託我了。只要我做得到，一定答應。妳說說看吧。」

「──！」

四糸乃一臉訝異地瞪大雙眼後，微微但用力地點了點頭，顫抖著雙唇繼續說道：

「那……那個，請……請和我……那個……親……親……親——」

不過就在這個時候，四糸乃的頭上「砰」的一聲冒出煙來。

「唔咻……」

「四……四糸乃！」

士道伸出手，打算支撐住快要癱倒在地的四糸乃的身體。

於是，那一瞬間，戴在四糸乃左手的「四糸奈」，以迅雷不及掩耳的速度蠢動，隨後一口咬住士道的手腕，拉住了他。

「哇！四糸奈，妳……妳幹嘛啦！」

「四咪乃！作戰B！」

「四糸奈」就這麼含住士道的手大聲吶喊。聽見這道聲音，四糸乃赫然顫抖了一下肩膀，猶豫了一瞬間後，點了點頭。

「不……不好意思……」

然後，「啾！」地親了一下士道受到束縛的手背。

「咦？」

看見這意外的舉動，士道的眼睛瞪得老大。剛才那究竟是……？

「很好！成功了呢，四糸乃！」

「唔……嗯……！這樣子……就沒問題了吧……？」

「一定沒問題啦！這下子，四糸乃就是新娘了呢！」

「……！」

「四糸奈」說完後，四糸乃再次滿臉通紅。

不過，或許是立刻想起士道在現場，四糸乃深深地低下頭。

「對……對不起……我先失陪了……！」

四糸乃如此說完後，慌慌張張地打開門鎖，跑到走廊上離開了。

「剛……剛才是怎樣啊……？」

一個人被留下的士道將視線落在手背上，呆愣地佇立在原地。

「我要開動了！」

在四糸乃做出謎樣的舉動後，約過了二十分鐘。五河家的餐桌擺滿了看起來十分美味的料理。有薑汁炒豬肉、昨天做好放著的滷羊栖菜、白飯，以及蛤蜊味噌湯。

「嗯！今天也很好吃喔，士道！」

十香笑容滿面地咀嚼著肉。

「啊哈哈……謝謝啊。不過，要說話，等吃完嘴裡的飯再說喔。」

「嗯！嗯姆！」

十香精力充沛地一邊點著頭，一邊喝著味噌湯，露出幸福的表情。士道微微露出一抹苦笑。

「嗯，還不錯呢。」

「很好吃……」

琴里和四糸乃的反應雖然不像十香那麼誇張，但似乎還是感到很滿意。不過，不知為何，四糸乃臉頰微微泛紅，偶爾眼神游移不定，像是在避開士道的視線。

「……」

士道一語不發地看向四糸乃剛才親過的手背……到底是怎麼回事啊？是某種小魔法嗎？

「唔？士道，你怎麼了，不吃飯嗎？」

「啊，沒有，沒什麼事。」

聽見十香說的話，士道開始吃飯。這麼說或許是自吹自擂，但味道很棒。

之後，享受吃飯聊天的歡聚時光——不一會兒，所有人都將晚餐吃得精光。

「我吃飽了。」

大家一齊雙手合十，如此說道。然後，十香和四糸乃同時站起來，將自己用過的餐具拿到洗碗槽。

「喔，妳們兩個，謝謝囉。」

士道說完後，十香和四糸乃有些害羞地笑了笑。

彷彿配合著這個時機，坐在士道隔壁的琴里微微伸了伸懶腰說：

「嗯……好想吃甜點喔。」

「甜點？」

士道反問後，琴里悠然地點了點頭，看向十香。

「吶，十香，妳想不想吃布丁？」

「——布丁！」

聽見這句話，十香的眼神閃閃發光。

「嗯……嗯嗯……我想吃！有嗎？」

「很遺憾，現在家裡沒有。所以——」

琴里說著，從錢包裡拿出一張千圓鈔票。

「妳可以和四糸乃去附近的便利商店買嗎？可以選妳喜歡吃的布丁。」

「好！我去！我去買！」

十香用力地點點頭，收下琴里的一千圓。

「好了，我們走吧，四糸乃、四糸奈！」

「呃……呃……我……」

「咦～」

四糸乃和「四糸奈」似乎有話想說，但話還沒有說完，十香就拉起她們的手離開了。

「哈哈……真是精神百倍呢。」

「……很好，礙事的人都不在了。」

「嗯？妳有說話嗎？」

士道說完後，琴里表現出大吃一驚的模樣，猛力搖了搖頭。

「……？」

算了，在意也沒什麼用。士道打算在十香等人回來之前洗好碗，正要站起來。

——但是，他的衣袖被人一把揪住，妨礙他的動作。

「琴里？」

「嗯……有點事。」

琴里發出有些彆扭又害羞的聲音，並且別開視線。臉頰好像也微微泛紅。

「……臉頰。黏到。飯粒了喔。」

不知為何，琴里一句一句地斷開來說。士道雖然感到有些納悶，還是「喔喔」的一聲，接受了她的說法。

「真的嗎？謝啦。呃……」

「……！」

正當士道打算拿下那所謂黏到臉頰的飯粒時，琴里抓住袖子的手力道更大了。

「哇！幹……幹嘛啦！」

「別管了……！等一下！」

「什……什麼……？」

「我……我來……幫你拿……！」

琴里大聲吶喊，像要壓制住士道般挨近他。琴里溫暖的體溫包圍住士道的右手臂。

「咦……？不用了啦，這點小事，我自己……」

「少囉嗦！你安靜點！」

「喔……喔……」

士道被琴里不容分說的魄力震懾，默默地放鬆手臂的力氣。

「……」

「……」

不過，短時間內，兩人就這樣不發一語地任時光流逝。

時鐘滴答滴答的聲音，強烈地震動著鼓膜。

不知過了多久，琴里嘟起嘴脣，像是在沉思一般，用指尖在士道的掌心上畫圈……總覺得非常癢。

「喂……喂，還沒好嗎？我得去洗碗才行……十香她們應該也快要回來了……」

「……！」

聽見士道說的話，琴里抖了一下身體。

然後像是下定決心似的緊咬牙根後，慢慢朝向士道。不知為何，她的臉頰像酸漿一樣紅，眼睛則像哭腫了一般充血。

「琴……琴里？」

「……我幫你拿，你把眼睛……閉起來一下。」

「啥？為什麼要閉眼睛——」

「別管了啦！」

琴里用單手遮住士道的眼睛，半強迫地封閉了他的視野。

「哇！」

「不要動！」

在黑暗的視野之中，琴里的怒吼聲刺進耳裡。

之後，傳來了椅子輕微的吱軋聲、衣襬的摩擦聲，以及像是嚥口水的聲音——

「嗯……？」

下一瞬間，有種奇妙的觸感，觸碰了士道的臉頰。照情況看來，應該是琴里的手指吧……但總覺得有哪裡不對勁。沒錯。那個觸感比手指更柔軟，帶點微濕——

就在這個時候，原本封閉的視野恢復了光亮。

士道看向右邊，發現琴里紅著臉，握拳做出勝利的姿勢，並且小聲地在呢喃著什麼。

「……很好，這下子哥哥就是我的……」

「琴里？」

「……！幹……幹幹幹幹嘛啦！」

「沒有啦，不過妳剛才……」

「士道！我們回來囉！濃稠的牛奶布丁跟鮮奶油滿滿的布丁，你要選哪一個？」

士道打算詢問的瞬間，客廳的門「啪噹」一聲打了開來，傳來十香爽朗的聲音。

「……唔？你們兩個怎麼了？」

「啊，沒有……應該沒有怎麼樣吧……」

士道只能含糊地回應。

◇

晚上十一點十分。士道獨自一人走在街燈照射的道路上。

十香和四糸乃已經回到自己家，琴里也已經上床睡覺，因此偷偷溜出家中並不是什麼難事。當然，他也留下了紙條，寫著他去附近的便利商店一下，避免琴里醒來時起疑。

現在士道前往的目的地，當然是折紙簡訊上指定的公園。

士道並不是很想赴約，但折紙會說事關重大，應該有某種理由吧……更重要的是，士道非常在意如果自己沒去，就會發生「慘事」的這句話。士道也傳簡訊詢問折紙這件事，但折紙回覆的只有「我等你」這三個字。

「嗯……算了，這時間的話，還不算太晚吧。」

士道自言自語著，在T字路口右轉。只要一路向前直走，應該馬上就能看見目的地的公園。

就在這個時候——

「……！」

士道突然……

當場停下了腳步。

不對——是「不得不」停下腳步。

並不是在前方發現了什麼東西，也不是感到害怕而動彈不得。而是更單純的理由，因為有人按住了他的腳。

他連忙望向腳邊。看見發生在原地的異常情況，皺起了眉頭。

明明有街燈照射，地面上卻盤踞著漆黑的影子，有兩隻纖細白皙的手臂從中伸出，壓制住士道的腳。

「什麼……！」

士道瞪大雙眼。這情況明顯——不正常。宛如只有恐怖電影中才可能出現的場景。

不過，士道感到驚愕的理由，有些不同。

因為士道——並不是第一次看見這道影子和這雙手。

「狂三……！」

「——咿嘻，嘻嘻嘻。你還真清楚是我呢。」

在士道呼喚這個名字的同時，一名少女從盤踞在前方的影子裡爬了出來。

綁成左右不均等髮型的黑髮，以及白皙到病態的肌膚。身上穿著的是點綴著鮮血與黑暗顏色的絢麗洋裝。不過，最令人印象深刻的地方，是她的雙眼。散發出金色光輝的左眼浮現著時鐘的錶盤，時針滴答、滴答，規律地在轉動。

狂三，過去覬覦士道所擁有的精靈能力而現身的食人精靈。

「你好啊，士道。你看起來很健康，真是太好了呢。」

再三露出妖魅的微笑後，提起裙襬，輕輕彎了彎膝蓋。

「——不～過～……你有點太大意囉。竟然一個人走在這種人煙稀少的地方。呵呵呵，會被可怕的人襲擊喲。」

狂三一邊說一邊拉近距離，用指尖搔弄士道的臉頰。

「唔……」

士道皺起眉頭，打算揮開她的手。然而，就在那一瞬間，士道後方的牆壁伸出另一隻手，抓住他的手臂。

「唔……啊……！」

「咿嘻嘻嘻，嘻嘻嘻嘻嘻！不、行、喲～～」

狂三發出淒厲的笑聲，把手放在士道的臉頰和肩膀上，以彷彿擁抱的姿勢，將嘴巴湊近他的耳邊。

「呵呵，我不會弄痛你的。你暫時乖乖別動。」

「唔——啊——」

——這樣下去不妙。士道拚命思索。就算放聲大叫，附近的居民跑來查看也只會擴大受害。

話雖如此，現在也無法拿出手機求救。偏偏在這種時候也沒有戴耳麥。究竟該如何是好——

「——咦？」

此時，耳邊感受到的觸感，令士道發出錯愕的聲音。

士道感受到的，並非預料中鮮明強烈的疼痛……而是柔軟嘴脣的觸感。

「呵呵……」

狂三輕輕一笑後，用舌頭舔弄士道的耳朵。啪恰啪恰的唾液聲與急促的呼吸聲，震動著鼓膜。快感與恐怖交錯的顫慄感，竄過士道的全身。

「妳……妳這是在做什麼……！」

士道滿臉通紅，發出高八度的聲音後，狂三再度微笑，離開士道的身體。

然後，狂三舔了舔嘴脣的同時，原本壓制住士道手腳的白皙手臂，便一齊縮回影子中。

「嗚……嗚哇！」

由於突然解除束縛的關係，士道有些失去平衡。他勉強維持住不跌倒的姿勢，對狂三投以疑惑的視線。

「這……這是怎麼回事啊，妳到底想做什麼……」

士道詢問後，狂三將手擱在嘴脣，笑得十分開心。

「呵呵呵……這下子，士道就是我的了……對吧？」

「妳……妳在說什麼啊……」

「呵呵，反正目的也達成了，今天我就先告辭了。」

「目的……？」

「那是祕密──在我『吃掉』你之前，你要變得更加美味喲。」

狂三如此說完，在鼻子前面豎起一根手指，宛如跳舞般轉過身──就這麼沒入影子中。

「……」

經過數秒的沉默後，士道深深吐了一口氣。

「我還以為……死定了呢……」

狂三這名精靈，過去殺了不少人。不曉得她這次為何突然改變心意，總算撿回一條小命，但下次就不知道會不會這麼幸運了。士道決定自我警惕，不要做出過於輕率的舉動。

「還是……應該跟琴里報告一聲吧……」

說完，他從口袋裡拿出手機，顯示出撥號紀錄的畫面。然後──

「──士道。」

道路前方響起呼喚聲，士道顫抖了一下身體。

一瞬間，還以為是狂三回來了──然而，並非如此。這時候，士道發現顯示在手機螢幕上的時刻，已經超過約定的時間。

「折紙……」

沒錯。原本應該在公園等待的折紙，就站在前方。

「太好了。因為你到了約定時間還沒來，我還以為你發生了什麼意外。」

「喔……這樣啊……」

士道含糊回答，並且將手機收進口袋。與此同時，折紙無聲地走了過來。

然後，疑惑地瞇起眼睛，將手放在士道的肩上後，開始聞起士道身上的味道。

「折……折紙……？」

「有女人的味道。」

「……！」

折紙露出銳利的視線凝視著士道說，士道不由自主地屏住了呼吸。

「這是怎麼──」

「別……別管這個了，折紙！妳說有嚴重的事情，到底是什麼事啊？」

士道像是要掩蓋住折紙的話，大聲如此說道。因為他覺得要是把狂三的事情告訴折紙，事情似乎會變得更加複雜。

「……」

折紙雖然有些無法釋懷，但像是改變念頭似的甩了甩頭後，再次凝視著士道的臉。

「——不要動。」

士道滿頭問號，折紙將原本放在士道肩膀的手直接伸向脖子後，非常用力地深深吻了士道的脖子根部。

「咦？」

「折……折紙！」

「噗哈！」

折紙為了換氣，終於將嘴脣從士道的皮膚移開。士道的脖子根部留下了清楚的吻痕。

「這……妳……為什麼突然這樣啊……」

士道一臉困惑地皺起眉頭後，折紙便轉過身。

「——達成目的了。我們已經私定終生。晚安，祝你有個好夢。」

「咦？啊，等一下，折紙？」

即使士道伸出手想要提出疑問——折紙也沒有回答，只是逕自快步離開。

「今天……到底是怎麼回事啊？」

士道獨自走在夜晚的路上，面有難色地呻吟道。

雖然折紙平常的舉動就令人難以理解，但今天特別莫名其妙。不對，不只折紙。十香、琴里、四糸乃——甚至是狂三，所有人的舉動都令人感到費解。

「唔……」

士道皺著眉頭，一邊走一邊思考，終於抵達了家門口。

時間已經接近凌晨零點了吧。總覺得今天特別地疲累。其實士道很想直接鑽進被窩裡，但身體因為汗水和唾液而黏答答的。快點沖一沖熱水澡，早點上床睡覺吧。士道在心中如此決定，將手湊上玄關的門把。

——然而，就在這一瞬間。

「士道————！」

從自家隔壁的公寓方向，傳來這樣的呼喚聲，打斷了士道的動作。

穿著睡衣的十香從公寓入口探出頭來，滿臉焦躁地大聲吶喊。

「十香……？」

「我……我剛剛才想到——不行啦！這怎麼可以！你說我今天一整天都很乖的話，會給我獎勵，這下子不是沒辦法在今天拿到了嗎……！」

十香露出一副泫然欲泣的表情如此說道，然後以猛烈的速度衝向士道。

「士道！沒時間了！快……快點！」

「喂……喂……十香？」

「唔哇！」

在士道放聲大喊的同時，十香因為地面不平整而絆到，失去了平衡。

十香的身體一瞬間飄浮在空中後，朝士道撲了過去。

「呀啊！」

「姆唔……！」

十香整個人壓到士道身上，士道當場往後倒下。悶悶重重的疼痛感侵襲士道的全身。

不過，他立刻發現到有除了疼痛以外的觸感施加在自己身上。十香柔軟的身體緊貼著，她的嘴脣觸碰到士道的額頭。

「噫……！」

士道發出驚愕的聲音——但馬上又改變了心意。雖然感到害羞，但現在應該關心的是十香的身體。

「十……十香！妳還好嗎？有沒有受傷——」

「喔……喔喔！」

不過，十香似乎完全沒察覺到士道的關心，發出由衷感到開心的聲音。

「士道！現在幾點了！」

「咦？我看看……」

突然聽見這個疑問，士道操作手機，使螢幕亮起燈光。

「現在剛好凌晨零點……」

士道如此說道後，十香依舊壓在士道身上，鬆了一大口氣。

「還好有趕上……」

「喂……喂，這是什麼意思啊？有趕上什麼……」

「士道。」

十香打斷士道的話，繼續說道：

「這樣子……我們就可以永遠在一起了。」

她說出這句話，露出無憂無慮的笑容……所以士道也沒辦法再多說些什麼。

◇

「呼～～啊……」

隔天早上，士道拖著尚未完全消除疲勞的身軀起床後，發現十香、琴里、四糸乃三人早已聚集在客廳裡。

「嗯？妳們會在這種時間過來，還真是稀奇呢。」

士道搓揉著惺忪的睡眼，如此說道。

今天跟昨天不同，是必須上學的平日。平常的話，十香大多是在上學時或是學校會合，但她今天似乎起得特別早呢。

「嗯！因為我今天心情好啊！」

十香說完，意氣風發地環抱起雙臂。不知為何，總覺得她比以往更加充滿自信、精力充沛的樣子。

「哼哼，有什麼關係嘛，偶爾也會有這種日子的啦。」

這是琴里說出的話。琴里似乎也和十香一樣，一臉得意洋洋……是發生什麼好事了嗎？

士道心想「該不會四糸乃也一樣吧」便望向她，果不其然，連她的神情也不同於往常。雖然不像十香和琴里那樣擺出驕傲的態度，但她時不時望向士道，臉頰泛紅。

「怎麼回事？今天大家的精神特別好耶……」

士道無力地笑了笑後，穿上掛在椅子上的圍裙，捲起袖子，開始洗手。

然後打開冰箱，拿出培根和蛋。雖然人數比平常多……不過，材料還夠吧。

『——那麼，接下來是占卜單元。』

士道在準備早餐時，客廳傳來這樣的聲音。看來，是琴里打開了電視。

「唔？琴里，這個女人是昨天電視裡的那個人嗎？」

「是啊。昨天是星期天，所以播出時間不一樣，通常是早上播。」

「嗯……原來如此。」

三人一邊說著這樣的對話，目不轉睛地盯著電視看。士道雖然泛起一抹苦笑，還是從架子上拿出平底鍋。

然後，客廳傳來電視的聲音。

『——妳好，我的名字縮寫是S・I，昨天男朋友親了我，我男友果然是我的真命天子嗎？因為妳昨天不是說過，親吻的人會成為一輩子的伴侶～』

『恭喜妳——不過，他親的是妳的嘴唇嗎？』

『不是，是臉頰……』

『那麼很遺憾，如果親的不是嘴唇，就沒有效果。』

『怎麼這樣——』

「什麼……！」

「啥？」

「咦……」

士道歪了歪頭。不知為何，他好像聽到電視的聲音中混雜著三人屏住呼吸的聲音。

「嗯？妳們三個，怎麼……了……啊？」

然後，士道轉頭望向客廳後……僵住了身體。

因為原本應該感情融洽地坐在沙發上看電視的三人，眼睛正閃閃發光地凝視著士道。

「咦，呃……妳們……」

士道不由自主地向後退，咚的一聲，撞到了流理台。這個時候，放在流理台上的湯匙掉落地面，發出「喀啷」的小小聲響。

——成為了信號。

「士道——！」

「士道！」

「士……士道……」

三人同時呼喚著他的名字，衝了過來。

「嗚……嗚哇啊啊啊啊啊！」

士道的慘叫聲響遍早晨的住宅區。

暑假疑雲

Summervacation Unidentified

DATE A LIVE ENCORE 2

「士道！一起去泡澡吧！」

……要是有女孩子對自己說出這種話，世上的男人們肯定會不禁心跳加速吧。

而且，要是對方是個擁有一頭漆黑長髮與水晶般眼瞳的美少女，就更不用說了吧。

不過，聽到這種話的士道，只是露出苦笑。

或許是覺得士道的反應很奇怪，少女——十香微微偏著頭……然後可能終於察覺自己的發言意味著什麼意思，連忙搖了搖頭。

「不……不是啦！我剛才說的，並不是要和你泡同一個浴池！和士道裸裎相見這種事……不……不對！不是這樣啦……！」

十香滿臉通紅，拚命地否定。士道溫柔地拍了拍她的頭，安撫她之後，再次浮現苦笑。

「別擔心，我知道啦。」

「唔……嗯。」

十香總算恢復冷靜的樣子，發出輕聲呻吟。

士道輕輕聳了聳肩後，環顧四周。如果不是這種狀況，聽見十香剛才說的話，士道可能也會驚慌失措吧。

沒錯。士道等人現在所處的地方，並不是士道家——而是某個沿海的旅館內。

十香剛才說的話，是代表一起走到分成男浴池、女浴池的地方去的意思吧。

至於為什麼士道一行人會在這種地方呢……理由非常單純。

（——難得放暑假，我們去旅行吧！）

距今數小時前，士道的妹妹琴里突然冒出這句話。

因為這句話來得過於突然，令士道感到不知所措，但很明顯的，就算反抗司令官模式的琴里，也沒有任何意義……應該說，因為一起在現場的十香、四糸乃、耶俱矢和夕弦，聽見這句話的瞬間，眼神發出透亮的光芒，令他無法反對。

果不其然，士道等人馬上被逼著整理行囊，然後搭上〈佛拉克西納斯〉——移動到〈拉塔托斯克〉所屬，完全包下整間旅館的海邊民宿「芬薩里爾」。

就在這個時候，背後突然響起一道高亢的聲音。

「——喂，你們兩個在幹什麼啊？」

往聲音來源一看，發現那裡站著兩名少女。一位是疑似剛才對士道說話、用黑色緞帶綁成雙馬尾的少女——琴里，另一位則是特徵為戴著草帽、左手套著兔子手偶的少女——四糸乃。

「我很期待……大浴池。」

「吶～吶～琴里，快讓四糸奈穿上特製的服裝啦！不然會被耶俱矢和夕弦搶先一步！」

四糸乃和「四糸奈」興奮地說道。

「好、好……走吧。士道和十香也是。」

「嗯！」

十香大大點了點頭，朝露天浴池的方向走去。士道、琴里和四糸乃也跟在她的後頭。

路上，士道壓低聲音對琴里說：

「……為什麼突然說要來旅行，把我們帶來這裡啊？」

「……哼，難得放暑假耶，你打算把精靈們關在家裡嗎？可以一口氣達成發洩壓力和製造回憶這兩件事耶。我覺得很合理呀。」

沒錯。十香、四糸乃，以及八舞姊妹，其實並非人類。而是人稱精靈，被指定為特殊災害的生命體。

由於現在利用某種方法封印了她們大部分的力量，並沒有太大的危險，但只要感到極度的壓力，或是精神狀態不穩定，封印的靈力便會逆流，事情會變得很麻煩。

因此，琴里和其他〈拉塔托斯克〉的人們，會徹底管理受他們保護的精靈的精神狀態。

「妳說的或許沒錯啦……但未免也太突然了吧？」

「我有什麼辦法。要是事先通知的話，消息很可能會被妨礙者知道。難得這趟旅行都是精靈，要是反而累積壓力的話，就沒有意義了吧。」

「妨礙者？」

「鳶一折紙啦。」

「……啊……」

士道流下一道汗水。

鳶一折紙是士道的同班同學……同時也是以殲滅精靈為目的的部隊AST的隊員。當然，跟十香的感情非常差。的確，有她在的話，十香可能會累積壓力。

「妳說得對……不過，感覺就算對她保密，她也會在不知不覺間入侵旅館呢。」

「……！」

士道開玩笑地說道後，琴里的表情突然變得嚴肅。

「誰會讓她……得逞啊！這裡的警備很森嚴！一隻小貓都進不來！」

「我……我是開玩笑的啦……幹嘛突然生氣啊。」

士道說完後，琴里赫然顫抖了一下肩膀。

「沒有啊……誰教你要說這種無聊的笑話。」

琴里從鼻間哼了一聲，繼續說道：

「……今天，不用操心那種事。」

「咦？」

「因為八舞姊妹的關係，難得的教育旅行搞得手忙腳亂的吧……雖然可能沒辦法代替，但至少也要做到這種程度……對吧。」

「琴里……」

士道搔了搔頭後，吐了一口氣。

「——嗯，原來是這樣啊。謝啦。」

於是，琴里紅著臉撇過頭去。

「哼，只是順便而已啦。這場旅行說到底還是為了十香她們辦的。」

「嗯，我知——」

就在這個時候——

士道話說到一半的瞬間，旅館外面傳來「砰！」的爆炸聲。

「唔！」

「呀……！」

「哦哦？發生什麼事了啊？」

十香、四糸乃，以及「四糸奈」嚇得縮起了身體。士道也一樣，瞪大了雙眼，從窗戶看向旅館外面。

「剛才的聲音……是……是怎麼回事……」

「……！喔……喔喔，那個啊。是煙火啦，煙火。別在意。」

士道提出疑問後，琴里隨即發出不自然的尖銳音調。

聽見這句話後，十香立刻容光煥發，露出明朗的表情。

「煙火！煙火就是那個會砰一聲，然後啪嘰啪嘰的東西吧！我可以去看嗎？」

「！不行！」

聽見十香說的話，琴里突然大叫出聲，令十香顫抖了一下肩膀。

「唔……唔……琴里，妳……妳幹嘛突然叫那麼大聲啊……」

「……對不起，嚇到妳了嗎？不過，現在要去泡澡吧。快點走吧。」

「嗯……好……」

十香一副目瞪口呆的樣子點了點頭。

士道有些納悶地側著頭，也跟在琴里的後頭。

——順帶一提，同一時間。

這情況可說是理所當然吧？鳶一折紙正在旅館後方的森林裡被好幾個警衛追捕。

「可惡！跑到哪裡去了！」

「這裡是地點A！跟丟目標人物了！她就在附近！千萬別掉以輕心！」

一群男人在森林裡四處奔走，尋找躲在樹上的折紙。雖然他們的裝扮很有當地人的味道，但戴在臉上的夜視鏡，和慎重佩帶的非殺傷性電槍，散發出異樣的氣息。

雖然不知道正確的人數，但至少有二三十名吧。就區區一間旅館的警備來說，這數量多得不正常。

「士道……」

折紙以誰也聽不見的聲音呼喚這個名字後，露出銳利的視線。

現在是八月。不用說，高中正在放暑假。只要折紙有AST的工作和訓練，就不一定能每天和士道見面。

因此，她決定休假時一定要去見士道，不過——今天士道不在家。

她憑著散發出微弱電波的少女的第六感，探查了士道的位置後，發現他在離天宮市遙遠的沿海一帶。

折紙雖然感到懷疑，但也不能否定這個可能性。於是她立刻整裝出發，利用所有的交通手段，朝少女的第六感指引的方向前進。

然後——迎接她的，便是這異常森嚴的戒備狀態。

「……」

折紙為了確認事實，拿出手機，打開通訊錄，按下士道的號碼，打電話給他。

不過，士道並沒有接。響了幾次待接鈴聲後，轉到了語音信箱。

「……」

折紙一聲不響地掛斷電話。腦海裡浮現士道遭逢慘事的想像畫面。

說得更具體一點，就是手腳被綁在椅子上的士道，以及身穿像壞心女幹部一樣的黑色緊身衣、可恨的夜刀神十香。

（嗚……嗚哇啊！我也是千百個不願意，但十香硬把我拖到這種地方來！）

（呵呵呵，士道。從今以後，你就在這裡和我永遠生活在一起吧。）

（折……折紙……折紙她一定會來救我！）

（死了這條心吧！我的部下在森林裡守衛！那傢伙不可能來到這裡！呵呵……快點忘記那種人，好好享受吧，士道……）

（不……不要！我已經有戀人……已經心有所屬了！）

（呵呵呵……）

（嗚……嗚哇啊啊啊啊啊啊啊！）

「……！」

折紙瞪大雙眼，緊咬牙根。

「士道……！」

雖然折紙十分在意為何十香會固守如此廣闊的私人土地，又是如何設下這麼多的陷阱，但現在這些事情都不重要。

「……」

折紙朝下方瞥了一眼。兩名男人正在到處尋找折紙。

「受不了……有必要特地出動全體人員來搜索入侵者嗎？」

「別大意了，會被司令罵得狗血淋頭喔。」

「我才不要咧，那比入侵者還恐怖一百倍。」

兩人一邊說笑，緩緩朝折紙走來。

「……」

折紙一聲不響地從樹上跳下，用膝蓋狠狠地撞擊右側男子的延髓。

「嘎……！」

男人痛苦地悶哼了一聲，朝前方倒下。

「嗚……嗚哇啊！」

左方的男子急忙舉起槍，扣下扳機。火花四濺，一瞬間照亮了黑夜。不過，在那種狀態下開出的槍，當然不可能會射中。折紙輕鬆地閃過槍擊後，逼進男子，朝他的心窩猛力踹了下去。

「咕啊……！」

男子當場倒地──一動也不動。

折紙迅速地搶走兩名男子的裝備後，朝少女的第六感所指示的方向望去。

──我會救出士道。

她將冷漠無情、毫不猶豫地排除一切障礙。

折紙吐了一口悠長的氣息，混進黑夜──開始進軍。

『〈佛拉克西納斯〉請回答！有……有東西在森林裡！』

〈佛拉克西納斯〉飄浮在旅館上空，艦橋的擴音器傳出語帶哀號的聲音。

「你說有東西──是指什麼？」

椎崎一臉困惑地反問後，警衛像是被逼得走投無路似的大聲吶喊：

『我也不知道……！就是有東西在……！可惡，竹原和淡島都被撂倒了！這……這傢伙到底是什麼玩意兒啊啊啊啊！』

「請……請你冷靜一點！總之，先把狀況說得更——」

螢幕上顯示著沿海的地圖，以及分配在那裡約三十名警衛的反應。

然而，他們慌張不已、到處移動的反應，以一定的速度一個接一個地停止活動。

確認森林裡有入侵者後還不到三十分鐘，這裡的警衛就已經被撂倒了將近十名。

這情況明顯有異，出乎意料。

「司令呢？」

「帶十香他們去浴池了！說等一下會回來！」

「副司令呢？」

「跑……跑去某個地方後，就下落不明了！」

「啊啊，真是的，偏偏在這種時候……！」

川越胡亂搔了搔頭。現在待在艦橋的人有川越、幹本、椎崎、中津川和箕輪這五名。司令、副司令不在的艦橋，如今無比混亂。

此時，簡直像是屋漏偏逢連夜雨似的，另一個通訊聲響遍了整個艦橋。

『我……我是齊藤！在地點D發現手代木和川西！他們的裝備被搶走，昏倒在地。』

『地點E！在森林裡發現可疑人物，打算追蹤——嗚……嗚哇啊啊！』

『上林！上林——！』

淒厲的慘叫聲響徹整個艦橋。船員們混亂歸混亂，還是試圖穩住陣腳，操作起控制檯。

「總……總之，可以確定有人潛入了森林！我來尋找人物反應！」

椎崎大聲吶喊，開始操作。

不久後，擴音器傳來「咚！」的一聲巨響。

「發……發生什麼事了！」

「陷阱啟動了！看來，敵人似乎踩到了地點F的地雷！」

「太幸運了……！雖說沒有殺傷性，但勢必免不了昏倒！只要派人去那裡抓人的話——」

「好！木崎、柏田組，你們去抓住目標人物！」

『了解！』

聽見川越的指示，擴音器傳來回答的聲音。不過——

『——地……地點F沒看見目標人物的身影。確定地點是這裡嗎？』

「沒錯。會不會被炸飛到附近了？」

『了解，我搜索看——什……嗚……嘎……！』

「喂……喂，怎麼了，木崎？喂！喂——嗚……嗚哇！妳……妳是什麼人啊啊啊！』

伴隨著這樣的叫喊聲，槍聲連續響起——不久後，通訊器再也沒傳來任何聲音。

「該……該不會……對方並非踩到了地雷，而是故意要引誘人員過去……？」

聽見中津川的聲音，船員們嚥了一口口水。

「喂……森……森林裡到底發生了什麼事……」

箕輪發出顫抖的聲音。

森林裡存在著真面目不明的東西。

接二連三地打倒身強力壯的警衛，甚至穿過地雷，正朝旅館前進。

「！五號攝影機！要顯示畫面了！」

就在這個時候，椎崎如此說道。主螢幕上同時映照出森林的影像。

在黑暗與爆炸產生的風壓中——一名少女如風般呼嘯而過。

「什麼……！」

看見她的模樣後，船員們同時頓住了呼吸。

及肩的頭髮、纖細的四肢，以及如洋娃娃般沒有表情的面容。

沒錯，那名少女——正是十香的宿敵，ＡＳＴ的鳶一折紙。

「不會吧……她一個人打倒了那麼多的人數……！」

「應該說，她怎麼會在這種地方啊？你以為這裡離天宮市有幾百公里遠啊！」

「到……到底該怎麼辦……」

「總……總之，先向司令報告吧！」

椎崎驚慌地開啟琴里專用的通訊回路。

「……各位，不好意思，妳們可以自己先進去泡嗎？」

與士道分別後，一行人來到了女浴池的掛簾前，琴里突然停下腳步，對走在後方的兩人與一隻如此說道。

「唔，妳怎麼了，琴里？」

「不去……泡澡嗎？」

「為什麼？妳不是很喜歡泡澡嗎？」

十香、四糸乃，以及「四糸奈」如此回應。琴里將視線稍微往上移，搔了搔臉頰回答：

「啊……就是啊，我去一下洗手間。馬上就回來了，妳們先進去吧。」

「嗯，這樣啊。我知道了。」

「那麼……我們先進去了。」

「待會兒見～」

琴里說完後，兩人和一隻意外老實地點了點頭，朝更衣處走去。

琴里揮揮手，目送她們離開後——從口袋裡拿出小型耳麥戴在耳朵上，開啟包在浴巾裡、從房間帶來的攜帶型終端機。

「——是我，讓你久等了。」

『司……司令！』

琴里說完後，耳麥的另一端立刻傳來川越焦急的聲音。

『知道入侵者的身分了！是AST的……鳶一折紙！』

聽見川越說的話，琴里抽動了一下眉毛。

「……果然是她啊。聽說有入侵者之後，我就大概猜到是她了。」

『目標人物現在進入地點G了！我方現在有十二名人員受傷！我們試著手動操作陷阱迎擊，但全都被她突破！簡直厲害得不像人！』

「她有使用顯現裝置嗎？」

『沒……沒有，並未探查到相關的反應！應該是靠單純的運動神經穿越陷阱的……！』

「……嘖，來了一個可怕的怪物啊。」

琴里憤恨不平地咂了嘴後，看向攜帶型終端機螢幕上顯示的地圖。

「喔喔！這真是太棒了吶！」

一進去澡堂，十香就發出高聲讚嘆。

用凹凸不平的岩石構成的寬敞浴池瀰漫著熱氣，藍色的水平線在前方無限擴展開來。原來如此，這就是傳說中的海景吧。

「好大喔……」

「喔！充滿開放感呢！」

四糸乃和「四糸奈」也跟十香一樣，一臉興奮地說道。

於是，彷彿回應她們說的話一般，靠近浴池內部的方向傳來熟悉的聲音。

「呵呵……汝等還是一樣精力充沛呢。不過，吾等八舞早已好好享受一番此處的溫泉了。」

「呼應。妳們終於來了，十香、四糸乃、四糸奈。」

往聲音來源看去，便看到大大方方張著腿、雙手扠腰，身材苗條的少女——耶倶矢，以及巧妙從旁遮住胸口和局部身體的豐滿少女——夕弦，兩人的身影。

她們是與十香、四糸乃同為精靈的雙胞胎。這麼說來，她們兩人說要先去澡堂。

「呵呵，本宮都等到累了呢。好了，快點進來吾等的城池吧。」

耶倶矢說完，對她們招了招手。然而，十香卻搖頭拒絕。

「唔，等一下。可是我學過在進去浴池之前，必須先把身體洗乾淨才行。」

十香說完後，便坐在擺放於洗澡處的椅子上，開始刷洗身體。四糸乃和「四糸奈」也依樣畫葫蘆，開始清洗身體。

「……嗯，十香和四糸乃都有牢牢記住，真是了不起呢。」

於是，從耶俱矢和夕弦的旁邊，傳來一道沉著的聲音。

聲音的主人是〈拉塔托斯克〉的分析官，村雨令音。一副想睡覺的雙眸是她最大的特色。平常隱藏在衣服裡的傲人雙峰從束縛中解放，在溫泉裡微微晃動。順帶一提，漂浮在她身旁的桶子裡，裝著一隻傷痕累累的絨毛玩具熊。

「唔……聽……聽汝這麼一說，好像是有這麼一回事。」

「呵責……夕弦完全忘記了。」

耶俱矢和夕弦表現出一副剛才的氣勢被減弱的模樣，縮起了肩膀。

兩人互相對視後，慢慢地走出溫泉，來到十香等人的旁邊，事到如今才開始清洗身體。然後，這次才和大家一起進入浴池。

「嗯嗯嗯……唔嗯，這真是……好舒服吶……」

「是的……很舒服……」

「哎呀～～真是快樂似神仙啊。」

十香、四糸乃、「四糸奈」「呼～～」地吐了一口氣，放鬆全身的肌肉。

此時，似乎總算恢復先前氣勢的耶俱矢和夕弦，再次在溫泉裡猛然站起身來。

「呵呵呵，場地跟人終於都齊全了！琴里還不打算來嗎？也罷！十香、四糸乃，光是泡湯也膩了吧。要不要跟吾等比賽呀？」

「比賽？」

十香歪了歪頭後，這次換夕弦揚聲說道：

「說明。難得這裡這麼寬敞。我們想要舉辦浴池游泳精靈對抗賽（一百公尺自由式）。」

「喔喔！」

聽見這句話，十香站起身來，眼睛閃閃發光。

不過——馬上又改變念頭，猛力搖了搖頭。

「聽起來的確很有趣，不過……士道說過，不可以在大眾的浴池裡面游泳。」

「唔……」

「猶豫。這個嘛……」

耶俱矢和夕弦回答得吞吞吐吐，然後兩人開始竊竊私語，再次擺出帥氣的姿勢。

「既然如此！就改變比賽項目吧！」

「提議。簡單來說，誰能在溫泉裡憋氣憋比較久，誰就獲勝。」

結果，高聲回應兩人的是「四糸奈」。

「喔喔！比這個的話，我最擅長了！要跟我比嗎？」

「……！」

聽見「四糸奈」說的話，八舞姊妹抽動了一下眉毛。「四糸奈」雖然是獨立的人格……但正如外表所見，她的身體機能是依附在四糸乃身上。只要四糸乃一個人呼吸，「四糸奈」在水裡潛再久都不會憋到沒氣。怎麼看都沒有勝算。

兩人再次竊竊私語後，又擺出其他姿勢。

「既……既然如此，就比這個！這個項目對大家都公平！」

「提議。這裡可說是年輕少女能一絲不掛遊玩的夢想樂園。用語言描述這幅情景，讓評審感到最興奮的人就獲勝，這樣如何？」

「評審……？」

十香皺起眉頭後，耶倶矢和夕弦便立刻看向左上角，開始大聲說道：

「事情就是這樣！汝沒意見吧，士道！」

「說明。總之，夕弦先說一下現況，令音的胸部超有看頭。我剛才摸了一下，感覺看到了世界的真理。士道你最在意誰的身體？夕弦詳細調查過後，再向你報告。」

於是，聳立在浴池裡的牆壁對面，傳來了一道含糊不清的聲音。

「——當然有意見，別牽扯到我啦！」

「士道！原來你在那種地方啊！」

雖然男女浴池的入口有一段距離，但浴池似乎是相連在一起的。十香發出驚訝的聲音。

「……」

該怎麼說呢，一想到士道在牆的另一邊，就有種奇妙的心情。十香似乎覺得裸體曝露在空氣中有些害臊，便將身體沉入浴池裡。

或許是看見十香的反應，八舞姊妹互相對看之後望向十香，將手指彎曲又張開，做出抓取的動作。

「呵呵，原來如此呀。那麼，十香，就從汝開始吧！」

「首肯。我會一五一十地將十香身體的觸感告訴士道。」

「妳……妳們在說什麼啊！選……選其他項目來比賽啦！」

就算十香向後退，八舞姊妹依然不死心地緊追上去。十香不得已，只好提高速度——結果，就演變成浴池游泳精靈對抗賽（無限制自由式）。

「真是的……她們到底在幹嘛啊？」

聽見女浴池透過牆壁傳來的聲音，士道哈哈苦笑，伸了一個大懶腰。

有種累積的疲勞從全身的毛孔溶解而出的感覺。士道「嗯嗯……」發出細長的呻吟聲，放鬆全身的力氣。

「啊……好舒服的溫泉。」

然後，坦率地說出感想。

雖然琴里突然要自己整理行囊出發去旅行時，士道驚訝得不知所措，但現在或許得好好感謝琴里不可呢。

的確這幾個月來，士道的身邊發生了太多形形色色的事情，令他的身心都無法好好休息。也許真的好久沒有過上這種安穩平和的日子了呢。

士道眺望著靜靜搖晃的碧藍水平線，吐出一口悠長的氣息。

「啊啊……真的……好平靜啊……」

「可惡！可惡！這是怎樣！這是怎樣啦啊啊啊！不是簡單的警備任務嗎！我可沒聽說對象是這種怪物啊啊啊！」

「冷……冷靜一點！你這樣不是正中對方下懷嗎！」

「地點G，請回答！地點G！可惡，浜木和浦田被幹掉了！」

距離那平靜的場所約八百公尺處。

旅館後方的森林裡，正上演著人間煉獄。

潛藏在森林裡隱形的敵人、不得要領的指示、接二連三被打倒的同伴。

〈拉塔托斯克〉的警衛們已陷入恐慌狀態。

「總……總之，別讓敵人靠近旅館！」

「吵死了！這還用你說嗎！可是，看不到敵人有什麼辦——」

就在這個時候，右方的草叢裡發出沙沙聲響。

「噫——！」

其中一名警衛葛西將電槍指向草叢，不斷扣下扳機。啪嘰、啪嘰，火花連續四射，不久後或許是彈匣空了，轉變成喀嘰、喀嘰這樣輕微的聲音。不過，葛西依舊沒有停止扣扳機。他殺紅了眼，對著空無一物的場所持續射擊空包彈。

「喂，住手！沒有東西啦！」

「不要浪費子彈！快點裝填彈匣！要是現在——」

話還沒說完，石田突然頓住呼吸。因為他看見一名纖瘦的少女出現在葛西的背後。

少女宛如蜘蛛人般倒掛在樹上，一聲不響地逼進葛西的背後，咻的一聲，快速移動手部。

下一瞬間，少女的手邊有東西閃了一下後，葛西便立刻從喉嚨發出「噫嗚」的奇妙聲音，翻白眼，電槍當場掉落在地。那東西，恐怕是線。用堅韌的纖維纏繞住葛西的脖子，勒緊靜脈和氣管，讓他昏厥過去。

「葛……葛西！」

石田舉起電槍，瞄準少女，扣下扳機。

不過，少女扭過身子，拿葛西的身體當作盾牌，擋下了電槍的攻擊。

「什麼——」

下一瞬間，少女保持倒掛的姿勢，用應該是從其他警衛身上搶來的電槍瞄準剩下的兩人，毫不猶豫地扣下扳機。

「咕！」

「呀！」

留下痛苦的悶哼聲……兩人趴倒在地。

『目標人物正在地點H交戰中！我方的受傷人數，已經超過二十名！』

『所有的陷阱全被她閃過了！』

『對方沒有停止前進的跡象！』

「嘖——」

聽見連續傳來的負面情報，琴里憤恨不平地咂了嘴。

這樣下去，鳶一折紙會入侵到這間旅館裡吧。如此一來，十香的心情會變差，四糸乃等人的精神狀態也會惡化。更重要的是——難得跟士道的假期很可能會泡湯。

琴里露出銳利的視線後，對耳麥發話：

「絕不能讓對象入侵旅館。在她通過地點H之前，無論如何都要擊退她。我允許你們使用一部分的顯現裝置。交給神無月負責。」

不過，琴里說完的瞬間，〈佛拉克西納斯〉的船員們之間表現得有些動搖。

「……怎麼？你們在猶豫要不要使用顯現裝置嗎？別擔心，神無月操作得很好——」

『不……不是的……我們不是在擔心這件事，司令……』

『副司令現在，不在艦橋……』

「什麼！這是怎麼回事啊！在這種緊急時刻，他跑到哪裡去了！」

『不……不知道……』

椎崎一臉困惑地說道。琴里胡亂搔了搔頭。

「啊啊……真是的，為什麼挑在這種時候啊！」

「？發生什麼事了嗎，司令？」

「還能有什麼事！鳶一折紙都逼近這裡了，神無月竟然不知道給我消失到哪裡去！」

「這可真是糟糕呢。該怎麼辦才好？」

「還用說嗎！馬上去找他！還有，為了以防沒找到神無月，先準備好轉換鍵！要是鳶一折紙入侵旅館──」

話說到這裡時，琴里覺得非常不對勁。

她好像跟一個聽起來十分熟悉的聲音在對話。而且，不是透過耳麥的含糊聲音，而是彷彿近在眼前一般清晰的音質。

「……」

琴里慢慢抬起原本看著攜帶型終端機螢幕的眼睛。

一名身材高眺的男子，手拿頭戴式耳機和煞有介事的收音麥克風，掀起女浴池的紅色掛簾，並且露出十分爽朗的笑容站在她眼前。

他是神無月恭平，琴里剛才在尋找的〈拉塔托斯克〉副司令兼〈佛拉克西納斯〉副艦長。

「……你在幹什麼啊？」

「司令才是呢。我以為您已經在洗澡了，都把器材準備好了耶……」

「……」

琴里默默無語地握緊拳頭後，瞄準神無月的下巴，擊出一發猛烈的上鉤拳。

「呃噗……！」

「在這種緊急時刻，你還打算偷窺女浴池啊！」

「您……您誤會了！我怎麼會想偷看呢……！我很紳士！不會做出那種事情！」

「完全沒有說服力嘛！那是什麼專業器材啊！根本超級想偷看啊！」

「才沒有這回事！這些全是錄音機器！其實聽聲音我會比較興奮！」

「誰、理、你、啊啊啊啊啊啊啊！」

「呀噗！」

琴里使出一記螺旋拳轟炸神無月的心窩後，神無月發出呻吟說「多……多謝恩賜……！」後當場頹倒在地。

『地點H，被突破了！』

「啊……！」

聽見耳麥傳來的船員聲音，琴里赫然回過神。

「喂，神無月！你在睡什麼覺啊！快點起來！」

「……」

然後，慌慌張張地搖了搖神無月的肩膀，但他依然沒有醒來的跡象。看來，他似乎完全失去了意識。

「關鍵時刻偏偏派不上用場……！」

琴里吐出蠻橫無比的話語後，再次看向終端機。

「沒辦法了……我本來不想使用這招的，趁大家在泡湯的時候，做個了斷吧。把操作權轉移到這台終端機！承認轉換鍵！轉換到海邊民宿『芬薩里爾』！」

『是……！』

聽見琴里的聲音，船員們一齊回答。

無數名士兵、大量的地雷、懷抱著惡意偽裝而成的深坑和網子等陷阱、連續不斷發射的電槍和橡膠子彈。

折紙在千鈞一髮之際通過了異常森嚴的警備與各種陷阱後，終於到達目的地旅館。

「士道……你等我。」

她伸手去握疑似後門的門把——快要碰到門把時，她突然停止動作。

然後，從包包裡拿出少女必備的用品——塑膠炸藥，將它黏在門把的四周，插上雷管後，塞住耳朵按下開關。

「砰！」的一聲，後門被炸飛。折紙撥開瀰漫的煙霧前進，一踏進旅館中，就看見門的內側有被人刻意扯斷的電線。恐怕剛才的門把上有通電吧。要是不小心碰到門把的話，現在可能已經昏倒了。為求謹慎，用爆破處理是正確的。

不過在救出士道前還不能放心。折紙提高警覺，從口袋裡拿出終端機，啟動少女的第六感。

「東棟三樓的……客房。」

折紙輕聲呢喃後，穿著鞋子邁步奔跑在旅館的走廊上。

她從腰間拔起少女用品之二的九公釐手槍，射穿從走廊前方出現的自動步哨槍，使它爆炸後，避開設置在地板上的陷阱，朝目標房間前進。

設置在室內的陷阱雖然比較難以閃避，但規模相對地比屋外的陷阱來得小，視野也比較明亮，容易察覺。最重要的是──由於折紙也有在自己的房間裡設置相似種類的陷阱，因此十分清楚它們的可動範圍和死角。

──不久後，折紙來到了剛才探測到士道反應的房間前面。

房門可能又會設置什麼陷阱，但在這裡使用炸藥，可能會傷到士道。折紙用九公釐手槍射掉門把，確認安全後，走向房間。

「……！」

就在這一瞬間，伴隨著隆隆隆隆……這種低沉的聲音，折紙感覺她的腳下產生微微的震動。

「地震……？」

她納悶地偏著頭說道。不過，現在不是被那種事情分心的時候。她舉起手槍、踹破房門，踏進房間內。

「士道，我來救——」

不過，折紙在這時止住了話語。

因為，房間裡並沒有任何人存在。

「……？」

折紙不可能弄錯房間，不過……為求慎重，她試著用少女的第六感確認士道的位置。

「……！這是……」

折紙瞪大了雙眼。士道的反應……正在移動。

一時之間，她還以為士道走路移動到其他的房間，然而……並非如此。

沒錯。因為旅館的樣子根本跟剛才不一樣。

「這是——怎麼回事……」

就在折紙如此呢喃的瞬間，剛才折紙踹破的房門上方，發出「匡啷！」一聲，降下一道金屬製的捲門，關閉了入口。

接著，有一股像煙霧一樣的東西從通風口一帶流進房內。

「唔……！」

折紙遮住口鼻後，將槍口瞄準捲門，扣下好幾次扳機。然而，捲門很堅固，以折紙愛用的九公鳌手槍的威力，捲門絲毫未損。

既然如此，就只能進行爆破了。折紙將手伸向腰間，打算拿出下一個少女用品。不過，在她做出這個舉動時，意識漸漸朦朧，無法站立在原地。

「唔……」

眼睛看不清。有種意識被拉往某處的感覺。即使折紙緊咬嘴裡面的肉，試圖抵抗——類似強烈睡意的感覺，依然急速地籠罩她的腦海。

「士……道——」

折紙在模糊的視野中，呼喚士道的名字。

「……話說回來，現在幾點了……？」

泡在浴池裡昏昏欲睡的士道，突然睜大眼睛。

他記得琴里好像說過，八點要到大廳集合，大家一起吃晚餐。

為了不要遲到，士道移動視線想要掌握時間——澡堂內卻沒看見像時鐘的東西。

「嗯……」

士道搔著臉頰，從浴池站起來，朝更衣處的方向走去。

依琴里的個性，要是遲到個一分鐘，肯定會準備丟臉到家的懲罰遊戲等待著自己。所以他絕對不能遲到。

再說，他泡湯泡了很久，其實也有點想要出去吹吹風。士道用自己帶來的毛巾大概擦拭身體後，走進更衣處。

「呼……」

他一邊吐氣，一邊尋找時鐘……但更衣處也沒看見像時鐘的東西。

無可奈何之下，他只好走到自己的衣籃，從褲子口袋裡拿出手機。

這個時候，士道在看到時間之前，先被某件事吸引了目光。

「嗯……？」

看來，有未接來電。他操作螢幕，顯示畫面後，來電聯絡人顯示出「鳶一折紙」的名字。

「折紙……？」

她有什麼急事找我嗎？士道選擇她的名字後，顯示出撥號畫面。

雖然琴里說絕對不能讓折紙知道這個地方……但其實士道自己甚至連這裡是日本的哪裡都不知道。打電話確認她有什麼事情，應該沒關係吧。

士道按下撥號鍵。

「……！」

令折紙朦朧的意識清醒的，是放在口袋裡的手機震動。

她勉強移動無力的手，拿出手機。來電畫面顯示出——「五河士道」的名字。

「啊……」

折紙發出沙啞的聲音，同時按下通話鍵。

『喂？是折紙嗎？』

「士……道……？」

『嗯，是我……妳怎麼了？聲音聽起來很痛苦的樣子。』

「幸好……你平安無事……」

『咦？』

聽見折紙說的話，士道發出錯愕的聲音。

『為什麼這麼說……算了。重點是，妳之前好像有打電話給我，是有什麼事情嗎？』

「士……道……不要……管我了……趕快……從夜刀神……十香的身邊——逃走……」

折紙口齒不清、斷斷續續地說完，士道一副感到困惑的樣子發出呻吟聲：

『呃……如果是簡短的事情，我現在可以聽妳說……但如果事情說來話長的話，我之後再慢慢聽妳說可以嗎？因為我正在泡澡……』

「……！」

——剎那間……

原本掩蓋住折紙意識的薄霧，令人難以置信地突然散去。

「——泡澡？」

『咦？』

「你正在泡澡嗎？」

『嗯，對啊……怎麼了嗎？』

「……」

折紙慢慢站起來，從腰間拿出少女用品之三的手榴彈，盡可能迅速地炸毀捲門。震耳欲聾的聲音和爆炸產生的風壓，充斥整個房間。

『嗚……嗚哇！發……發生什麼事了，折紙！剛才的聲音到底是——』

「等我——我馬上過去。」

『咦？抱歉，妳可以再說一次嗎？我耳鳴了，聽不清——』

折紙掛斷電話後，朝澡堂再次展開進擊。

電話突然「噗滋」一聲掛斷。士道納悶地歪著頭。

「……到底是怎麼回事啊？」

結果最後還是不知道折紙找自己有什麼事情……反正，如果有重要的事情，她會再打電話過來吧。

做出這個結論後，士道確認螢幕上顯示的時間，回到了浴池。

「什麼……！」

女浴池前面，原本一邊操作攜帶型終端機，一邊握拳擺出勝利姿勢的琴里，突然發出慌亂的聲音。

原因在於，本來以為用改變旅館格局的捲門和催眠瓦斯捕捉成功的目標人物，突然清醒過來，炸毀捲門，逃出了房間。

「這是怎麼回事！你們有確實放出瓦斯吧！」

『確……確定有！她曾經完全無法動彈！』

「那為什麼又復活了啊！」

『不……不知道……！』

椎崎發出宛如哀號的聲音。琴里緊咬牙根，再次操作起攜帶型終端機。

「沒辦法……！事到如今顧不得面子了。啟動機動旅館『芬薩里爾』的全部機關，封殺目標人物……！」

『了解！』

「……………」

隨著類似地震的震動聲，旅館的走廊宛如拼板一般開始變形。時左時右，自由自在變化的牆壁、地板、天花板的姿態，甚至具有一種奇幻的美感。

打個比方來說，就像是被扔進一座巨大的時鐘，或是構造複雜的引擎當中的感覺吧。若是正常人，或許會因被巨大物體吞噬的原始恐懼感而感到畏縮吧。

但是，折紙她，現在的折紙，比世界上的任何人都還要剛強。

頭腦敏銳、意識清晰。全身充滿力量，前所未有的充實感支配著她的身體。

「——那裡。」

折紙輕聲呢喃後，丟下揹著的包包，一躍而起。

然後，跳上為了連結其他道路而一瞬間開闔的牆壁，再次跳躍。蹬向天花板後，跳向前方的走廊。

彷彿對旅館的變形機關瞭如指掌一般，沒有任何多餘的動作。

連折紙自己也感到驚訝。她就是知道。感覺、本能、直覺性地，自己該通過的道路宛如鋪上一條光之地毯，能看見變形機關的破綻。

——士道他正在泡澡。

當然，圍著毛巾泡在浴池是違反禮儀的舉動。換句話說，入浴中，隔著士道身體的就只有溫泉水。如果折紙也能進去同一個浴池，就等同於和士道穿上同一件衣服。光是想像這件事，折紙的血管就咕嘟咕嘟地跳動。

精神和身體的同步率超過百分之四百。折紙還是第一次以這種心情戰鬥。她已經無所畏懼。

旅館的走廊彷彿阻擋住折紙的去路一般開始變形，封閉道路。

「……」

不過，折紙並未驚慌。她將手繞到腰間，跟剛才一樣拿出手榴彈，以流暢的動作拔起插銷，扔向前方。

——發出震天價響的爆炸聲的同時，光榮之路再次出現在折紙的視野。

於是，折紙依照光的指引一躍而起——終於抵達命運的聖地。

寫著「男」字的藍色掛簾。士道正在泡澡的男浴池。

「士道──我現在要和你合而為一──」

折紙穿過掛簾後，脫下變得破破爛爛的衣服和為了給士道看而穿上的決勝內褲。

然後，變成剛出生狀態的折紙，快步走向澡堂──

「……！」

途中，她看見某樣東西，頓住了呼吸。

在寬闊更衣處的中央附近只有一個衣籃正在使用中。

「這是──」

折紙宛如受到誘蛾燈吸引的飛蟲一般，下意識地靠近衣籃。

走到衣籃前的折紙雙手合十，點了一下頭。

「唔……！」

旅館的某處響起驚人的爆炸聲，建材的碎片啪啦啪啦地從天花板掉落。

看來，是被擋住去路的鳶一折紙使用了爆破物。這女人還真是胡來。琴里憤恨不平地皺起了臉孔。

「很有一套嘛……！誰怕誰，既然如此——！」

就在這個時候，琴里突然止住了話語。

因為攜帶型終端機的螢幕上所顯示的地圖竄過一陣沙沙的雜訊後，突然沒有畫面了。

「什……等一下！這是怎麼回事啊！」

『剛……剛才的爆炸導致機器發生異常！無法確認目標人物的反應！』

「你……你說什麼！」

琴里以像是差點要把攜帶型終端機摔到地上的氣勢，大聲說道。

「趕快修復！這樣子，簡直像是有外星人潛伏在船內一樣嘛！至少要鎖定她的反應，要不然事情就糟糕了——」

「？什麼東西會糟糕？」

「……！」

冷不防響起的聲音，令琴里抖動了一下肩膀。

回過頭一看，發現泡完湯、全身暖呼呼，穿著浴衣的十香，正歪著頭站在眼前。

「十……十香……還有大家……」

十香的後頭，站著同樣穿著浴衣的四糸乃、令音，以及應該是沒有事先拿好浴衣就衝進澡堂，打扮跟剛才一樣的八舞姊妹。看來，大家似乎泡完了澡。

「唔。抱歉啊，琴里。本來打算等妳來的，但妳實在太慢了，我等到肚子都餓了。」

十香說完後，她的肚子彷彿配合她所說的話一樣，發出咕嚕咕嚕咕嚕……的可愛叫聲。

「這……這樣啊……」

琴里發出高八度的聲音如此回答。這時，令音似乎察覺到什麼事情，挑了挑眉毛後，輕輕搖了搖頭。

——大概是想表達最好不要讓十香她們感到不安吧。

「……」

超過時間了。琴里唉聲嘆了一口氣，小聲地對耳麥說話：

「……我要暫時離開了。偵測到反應之後，使用任何手段都無所謂，把她給我抓起來。還有，把被破壞的地方變形，不要讓十香她們看到。」

『了……了解！』

聽見船員的回答後，琴里面向十香等人。結果，八舞姊妹突然擺出左右對稱的姿勢。

「呵呵，正好。琴里，汝也跟著過來吧。」

「同行。我們正要去接士道。」

「咦……？啊，等一……」

琴里被八舞姊妹拉著手，半強迫地脫離了戰線。

「……」

——Beautiful。

折紙一臉滿足地吐出一口氣。她的內心已別無所求。啊啊，世界多麼美妙啊。

……順帶一提，折紙眼前所見的，是衣物凌亂不堪的衣籃。

折紙的視線緩緩朝澡堂移過去。

前菜已經享用過了。接下來是——主菜。

不過，折紙這時微微皺起了眉頭。

因為她聽見走廊的方向傳來許多人的腳步聲和說話聲。她似乎花太多時間在品嚐前菜了。

「唔……」

折紙思索了一下。是要逃走，還是躲起來呢？或者是，在這裡迎擊敵人？

然後——不到一秒便做出了結論。

「嘖——」

折紙因為不斷拚命地趕路，消耗了不少體力，要打倒許多人，恐怕有點困難。折紙心有不甘地咂了嘴後，抓起自己的衣服，躲在大置物櫃中。

「啊……」

這個時候，她發現——

手上還拿著士道的內褲——

而自己的內衣褲則掉落在現場。

「士道！差不多要吃晚餐囉！」

「呵呵呵，汝要泡多久啊！該不會被睡神修普諾斯詛咒了吧！」

「警告。泡澡泡太久，身體會不舒服喔，要注意。」

十香、耶俱矢、夕弦這麼說著，肆無忌憚地踏進男浴池的更衣處。

「啊，等……等一下！」

即使琴里試圖阻止，三人依然大搖大擺地走進去。算了，反正也沒有其他客人，無所謂吧。

琴里嘆了一口氣後，追在她們後頭。

「喂！士道！」

「……嗯，喔喔……是十香嗎……？」

十香從更衣處呼喚士道的名字後，士道含糊不清的聲音便從澡堂的方向傳來。

「嗯，吃飯囉！」

「喔喔……已經這麼晚了啊。抱歉，我有確認過一次時間，結果不小心睡著了。我馬上起來，妳們先走吧。」

「好！我知道了！」

聽見士道的回應，琴里鬆了一口氣。因為她擔心偵測不到反應的折紙有可能正在偷襲士道。

雖然還不能完全放心，但能確認士道平安無事，也算是不錯的收穫。琴里再次深深地吐了一口氣。

就在這個時候，琴里發現衣籃沒有收好，隨處扔在更衣處的地板上。衣服也散落一地，十分邋遢。

「受不了……就算沒有其他人在，也不能隨便亂丟吧。」

琴里一邊抱怨，動手去把散亂的衣服摺好，放進衣籃裡。

——然後……

「咦……？」

琴里僵住了身體。

她將視線落在散亂的衣服上，嚥了一口口水。

大浴巾、短袖襯衫、丹寧褲。

目前為止都沒有問題。衣服也是士道之前穿的那件。

問題在於——接下來的東西。

明顯是女性用的絲質內褲和內衣，掉落在地上。

「咦……這……這是……」

一瞬間，琴里的腦海閃過「士道該不會幹了什麼壞事吧？」這樣的念頭，但是並沒有聽說女生當中有人的內衣褲被偷。

而且最重要的是……這裡並沒有看見士道原本應該穿著的男用內褲。

「難……難不成……」

琴里的腦海裡再次浮現化好完美的妝容，扭腰擺臀地說著「叫、我、姊姊♡」，贈送飛吻的士道身影，隨後猛力地搖了搖頭。

「我……我是說過要他理解女孩子的心情沒錯……但不……不是這個意思——」

「唔？琴里，妳怎麼了？」

「……！」

十香突然對她說話，她屏住呼吸，並且把內衣褲藏在浴巾下面。

「發生什麼事了嗎？」

「沒……沒什麼！好……好了，我們快點走吧！」

「嗯……？唔……嗯……」

琴里好不容易壓抑住混亂的情感，推著十香的背，離開了更衣處。

哥哥疑雲

Brother Unidentified

DATE A LIVE ENCORE 2

「呼啊……」

早晨，五河琴里一邊打著大呵欠一邊走下自家的樓梯。

她搖晃著用黑色緞帶綁成雙馬尾的長髮，搓揉有如橡實般圓滾滾的眼睛，走向盥洗室。

然後——

「啊，早安啊，琴里。」

當琴里一踏進盥洗室時，比她先到的人向她打了聲招呼。

「嗯……早安……」

琴里露出一臉想睡的表情如此回答——下一瞬間，她突然停止全身的動作。

理由很單純。因為那名比她先到的人的面孔十分陌生。

不對，正確來說，十分陌生……這個形容詞也有些錯誤。

中性的五官，以及看似溫柔的雙眸。站在那裡的無庸置疑是琴里的哥哥，五河士道。

除了他的頭髮莫名地長，言行舉止特別溫柔，身上穿著純白的胸罩和內褲之外。

「什……什什什什什什什麼……！」

這景象太具衝擊性，琴里將眼睛瞪得圓滾滾的僵在原地。士道不知是如何解讀琴里的反應，呵呵一聲對她莞爾一笑。

「怎麼啦？啊，該不會是睡糊塗了吧？琴里真愛睡、懶、覺呢！」

士道說完，用指尖戳了戳琴里的鼻子。於是，以鼻子為起點，琴里起了一身雞皮疙瘩。

「你……你怎麼打扮成這樣……」

琴里狠狠瞪視著士道的全身，發出顫抖的聲音——接著立刻頓住了呼吸。

沒錯。因為士道異常的不只是他的裝扮。

他正穿著女性的內衣褲。也就是說，他身體的曲線展露無遺。

士道是男生。應該是這樣才對。然而……支配琴里意識的，是異樣的不協調感。

不知為何，映照在琴里眼中的士道的身體，帶有莫名的圓潤感，看起來很柔軟，而且胸罩十分合身——

「……」

可能是感受到琴里的視線，士道發出「嗚呼！」一聲，扭動了一下身體。

「琴里，妳怎麼啦？」

「……！」

琴里受到青天霹靂的衝擊，嚇得眼珠子不停地轉動。

「士……士道，你……該不會……」

「嗯～～討厭！不要叫人家士道啦～～叫、人、家姊姊♡」

士道以可愛的姿勢如此說道。

琴里將充滿肺腑的絕望轉換成聲音，發出淒厲的慘叫聲。

「嗚……嗚呀啊啊啊啊啊啊啊啊啊啊啊啊啊啊啊啊啊啊啊！」

琴里發出驚聲尖叫後，坐在周圍的十香、四糸乃、耶俱矢、夕弦以及士道，都同時抖動了一下肩膀。只有唯一坐在斜對面的令音，以一副沉著的態度歪了歪頭。

「琴里，妳……妳怎麼了啊？突然大叫。」

坐在隔壁的十香，雙眼圓睜地詢問琴里。她是個美少女，一頭漆黑的長髮和水晶眼瞳是她最大的特徵。現在她身上穿著寬鬆的浴衣和紫色的外褂。

「！沒……沒事，什麼事都沒有……」

琴里像是隨便敷衍過去地揮了揮手後，咳了一聲，再次開始用餐。

沒錯。琴里等人利用暑假，來到〈拉塔托斯克〉所有的海邊民宿旅遊。現在大夥兒已經泡完澡，正在大快朵頤海鮮大餐。

多麼平和又開心的旅行啊。然而琴里的精神狀態，卻有如冬天的日本海一般驚濤駭浪。

理由可分成兩大因素。

第一個因素是，ＡＳＴ鳶一折紙似乎潛藏在這間旅館內。

話雖如此，〈佛拉克西納斯〉正在搜尋她的所在位置，應該馬上就會找到吧。

問題在於，另一個懸而未決的事項。沒錯，那就是──

「……」

琴里不發一語地望向士道。

沒錯。剛才她和其他人去接還沒泡完澡的士道時，不小心看見了。

──疑似從士道的衣籃掉出的女用內衣褲。

如果士道是偷了某人的內衣褲，還算有救（倘若事實真是如此的話，大家會毫不留情地圍毆他就是了）。但是，士道原本穿的內褲卻不見了，也就是說……是這麼一回事吧。

琴里確實再三提醒士道，要他理解女生的心情。

然而，那終究只是要他做好跟精靈對話的心理準備，絕對不是ＹＯＵ給我變成女孩子ＹＯ☆的意思。

話雖如此，士道並沒有向琴里坦誠他的變裝癖，也並沒有開始顯露男大姊的個性。雖然在偷穿女性內衣褲的這個時間點，病灶似乎就已經根深柢固，但也有可能當成男性的嗜好，純粹只是穿上女性內衣褲會感到興奮罷了……雖然，這好像也是一種問題啦。

總之，在士道完全脫離常軌之前，必須想辦法解決才行。琴里緊握拳頭，用力地點了點頭。

「……」

折紙躲在海邊民宿的閣樓，稍微活動了一下身體。

她為了拯救被精靈十香強制（這一點很重要）拐走的士道而入侵這間旅館，只差一步就能搶回士道時，她卻錯失了這個機會。

折紙剛才突破了各式各樣的陷阱，來到了應是士道正在入浴的露天浴池。不過，在打開澡堂的門之前，她發現了某樣東西。

沒錯——就是士道正在使用的衣籃。

那種東西擺在眼前，卻還不採取行動，根本是褻瀆神明的行為。於是折紙依照正式的順序，好好「享受」了一番。

不過，在享受的過程中，十香等人來到了更衣處——折紙便落得光著身子躲起來的下場。

而且，折紙還犯下了嚴重的失誤。

她當然沒有忘記拿走自己脫下的衣服，不過當時只有內衣褲搞錯，拿成士道的了。

士道不可能穿女性的內衣褲。一旦被發現，折紙躲在附近一事就會露出馬腳吧。

不過……不知為何，士道的妹妹琴里發現內衣褲，顫抖了一下肩膀後，便把內衣褲扔進衣籃裡，不讓其他人看見，然後離開了更衣處。

她搞不清楚琴里有何意圖。不過，她死裡逃生是不爭的事實。折紙迅速地將自己的內衣褲和士道的調換回來後（雖然依依不捨，但為了兩人能一起脫離這個魔窟，她現在不能被抓到），折紙躲進閣樓，轉而尋找搶回士道後的逃脫路線。

「士道……等我。我馬上救你出去。」

折紙壓低聲音如此呢喃道，並且開始扣上胸口的釦子。

「各位，聽我說一下。」

吃完晚餐，士道回到男生房間，其他人回到女生房間後，琴里便立刻看準這個時機發言。

「琴里，有什麼……事情嗎？」

「什麼、什麼～那麼鄭重其事的樣子～」

綁起美麗藍髮的少女四糸乃，和她左手戴著的兔子手偶「四糸奈」如此詢問。

與此同時，馬上就從包包裡拿出撲克牌打算開始玩，長相一模一樣的雙胞胎八舞姊妹擺出左右對稱的姿勢歪著頭。

「呵呵，琴里，汝有何事？莫非不擅長玩刻著四寶紋章的魔符（撲克牌）嗎？本宮兼具天運與智謀，汝害怕本宮的心情，吾也不是不了解。」

「密告。別擔心。耶俱矢拿到什麼牌，馬上就會表現在臉上，根本不會輸給她。」

表情好勝的少女耶俱矢挺起胸膛，而與她對照，半瞇著眼睛的少女夕弦則竊竊私語地說道。

「汝……汝說什麼，夕弦！本颶風皇女八舞耶俱矢……咦，等一下，真的假的？」

「首肯。妳忘記第三十五回合比賽的抽鬼牌對決，輸得有多淒慘了嗎？」

「咦！不會吧，咦！」

看來，她自己並沒有發現。耶俱矢摸著自己的臉頰，露出困惑的表情。

不過，琴里搖了搖頭，冷靜地說道：

「雖然跟撲克牌不一樣——但大家要不要玩個小遊戲？」

「……遊戲？」

原本在房間角落發呆的令音，納悶地問道。琴里緩緩地點了點頭，攤開剛才準備好的卡片。

「規則很簡單。首先，我會發給妳們一人一張角色扮演卡。然後按照順序去找士道，『扮演』卡片上面寫的角色。最後——能喚醒他男性本能的人就獲勝！」

「啥……？」

聽見琴里的提議，除了令音以外，房間裡的所有人都一齊露出傻眼的表情。

「喚醒男性本能……？」

「呃……這是什麼意思呢？」

「呵，講到決勝負之事，本宮將不遺餘力，但獲勝的條件有些難以理解吶。」

「贊同。希望有更明確的基準。」

大家都露出百思不得其解的表情。

「那……那個嘛……呃……」

琴里吞吞吐吐，說不出話來。她也明白自己說的話毫無道理可言。但現在的琴里欠缺冷靜，無法輕易地想出好藉口。她胡亂搔了搔頭，猛然抬起頭。

「嗚嘎啊啊啊啊啊啊啊啊！」

「喔喔……！」

聽見琴里發出不像她平常會發出的吼叫聲，大家嚇得顫抖了一下肩膀。

「總之……！我需要妳們的力量！如……如果作戰失敗的話，士道……士道可能會迷失他的本性……！」

「……！」

聽見琴里說的話，所有人一齊屏住了呼吸。

「這……這是什麼意思？士道會迷失他的本性……？」

「……沒錯。詳細情形我不方便說。不過，現在的狀況很危險。我知道我說這種話很自私。不過，我需要大家的幫忙……！」

過了一會兒後，有人砰的一聲，把手放在琴里的肩膀。是十香。

「抬起頭吧，琴里。我知道了，我會幫忙。」

「！謝謝妳，十香……！」

琴里以一副泫然欲泣的表情握住十香的手。十香「嗯」地點了點頭。

「別在意。士道，還有琴里，你們兩個拯救了我。士道陷入危機、琴里出聲請求，光是這兩個理由，就足夠說服我幫忙了。」

「十香……」

「我也……要幫忙……」

緊接著，四糸乃和八舞姊妹也望向琴里。

「可是，沒有任何獎勵就太無趣了吧～～對了、對了，像之前的泳裝比賽時那樣，得到第一名的人可以得到獨占士道一整天的權利如何？」

「呵呵，真有意思。好吧，雖然還有無法理解的地方，但那不重要。」

「同意。把士道玩弄在股掌之中的是夕弦兩人。」

說完精靈們聚集到琴里的周圍。琴里擦拭感動得差點流出的淚水，用力地點了點頭。

「好。誰最能讓士道感受到身為男人的幸福，就讓她獨占士道一整天。」

聽見琴里的宣言，精靈們發出「喔喔！」的聲音，燃起了幹勁。

「不過！這個任務不好達成喔。所以需要這個。」

琴里說完，將自己做的角色扮演卡攤開在大家的面前。

這些卡片上面寫著只要身為男人都想體驗一次的夢幻活動。目的在於透過體驗這些奇蹟，讓士道產生「啊啊……我還是想當男人……！」的想法。

「各位，請各抽一張卡片吧。」

琴里說完後，所有人一齊抽了一張卡片。然後，閱讀寫在上面的文字，有人點頭表示理解、有人皺起眉頭，也有人有些困惑地歪著頭。

「琴里，我抽到的是這張卡片……」

十香出示卡片說道。

「——喔喔，妳抽到的是『因為從小一起長大，沒有意識到男女授受不親、毫無防備的青梅竹馬，邀約自己而感到小鹿亂撞！』這張卡片啊。」

「嗯。這到底要做些什麼事情才好啊？」

「也就是說……」

琴里正經八百地開始說明。

「呼……溫泉泡得很舒服，料理也很好吃，簡直無可挑剔。」

士道回到房間後，從窗戶望著夜晚的海，輕聲呢喃。月光灑在碧藍的水平線，呈現出非常夢幻的風景。

「好了……接下來要幹嘛呢？」

士道輕輕伸了懶腰並看向房內。房間已經鋪好了床，但要上床睡覺，時間還有點太早。

要去商店隨便逛逛呢，還是約十香她們去打桌球呢——正當士道思考著這種事情的時候，突然有人敲了敲他的房門，接著身穿浴衣的十香走進房間。

「士道，你在嗎？」

「嗯……？喔喔，原來是十香啊。我正想去找妳呢。我記得琴里好像有說過，別館那裡有桌球桌吧。要不要一起去打——」

不過，十香並沒有回答。她脫下鞋子，大搖大擺地走向士道後，坐到坐在窗邊的士道旁邊。然後依偎著士道，將頭靠在他的肩膀上。

「吶，士道。」

「什……什麼事？」

士道對十香突如其來的舉動感到困惑地回答她。於是，十香望著窗外，繼續說道：

「我們好久沒有像這樣獨處了呢。」

「咦？喔喔……是嗎？」

「嗯。十年前我們經常一起玩呢。」

「……嗯？」

士道歪了歪頭感到疑惑。十香和士道是在今年的四月相遇的。別說十年了，照理說連半年都不到。

不過，十香絲毫沒察覺到士道困惑的心情，繼續說道：

「可是，升上國中後，你覺得跟青梅竹馬玩很丟臉，就開始躲我。但我們到高中二年級時，察覺彼此的心意，才瞞著大家溜出來，重溫以前獨處的時光。」

「……啥？咦？妳在說什麼？」

士道頭腦一片混亂，接著十香猛然起身，「咚！」的一聲伸手壓住窗戶，圍著士道整個人。

「事情就是這樣，士道。」

「喔……喔……」

事出突然，士道瞪大雙眼看著十香的臉。於是看見十香的臉頰像酸漿一樣紅通通的。

十香深呼吸好讓心情冷靜下來，下定決心般點了點頭之後開啟雙脣：

「要不要跟我一起去洗……洗澡……！」

「什……什麼！」

聽見十香說出的話，士道不由自主地皺起了眉頭。

「妳幹嘛突然說出這種話啊……！」

「你才是在說什麼鬼話呢。我們以前不是常常一起洗澡嗎！」

「不是啊，我們哪有什麼以前啊！」

結果，十香不知道是如何解讀士道的回答，像是不甘心地發出「唔……」的一聲呻吟後，額頭流下汗水，繼續說道：

「……我知道了。不圍浴巾也可以！」

「情況好像愈來愈糟糕了嘛！」

士道大聲吶喊後，十香便露出「這樣也不行啊」的表情，緊緊閉上眼睛，硬擠出聲音說道：

「既……既然如此……！如果你願意遮住眼睛，要我幫你洗身體也行……！」

「不是啊，為什麼妳提出的要求愈來愈猛啊！」

總覺得已經完全無法理解十香的意圖，士道語帶哀號地說道。結果十香驚訝得瞪大雙眼。

「唔……！你……你該不會以為我在說謊吧！我……我是說真的喔！我說到做到！」

十香說完後，慢慢地解開浴衣的帶子。浴衣的衣襟隨著重力垂下，露出十香白皙的肌膚。

「什麼……！」

「怎……怎麼樣啊，這下你明白我是認真的了吧！所以士道，跟我一起洗澡……」

「求求妳，聽我說話啦啊啊啊啊啊啊！」

士道像是要喊破喉嚨一般，發出慘叫。

「……」

在十香前往士道的房間之後，約過了十五分鐘。琴里一副靜不下心的樣子，不停地轉動嘴裡含著的加倍佳糖果棒。

「……琴里。妳抖腳抖得很誇張喔。」

「咦？啊，喔……」

受到令音的指摘，琴里發現她以和轉動加倍佳糖果棒相同的節奏在抖動她的膝蓋。她將手擱在膝蓋，深深呼吸了一口氣，好不容易讓心跳冷靜下來。

此時，配合這個時間點，女生的房門發出微小的聲音打開來。看樣子，十香好像回來了。

「！十香！妳怎麼那麼快就回來了。結果如何？」

琴里快速回過頭，高聲詢問後，十香便露出陰沉的表情，搖了搖頭。

「……失敗了。我照妳說的，試著邀他一起洗澡，但他不願意……」

「什麼……」

聽見十香沮喪的聲音，琴里全身顫抖。

「他……他拒絕和妳一起洗澡……？怎……怎麼會……」

琴里顫抖著雙手，整張臉冒出冷汗。

順帶一提，琴里的腦袋裡——

十香邀約共同入浴↓如果是普通男人會開心得要命↓可是他卻拒絕了↓因為士道的女性荷爾蒙作祟，地球即將陷入危機。

正展開上述的恐怖方程式。

「不會吧……竟……竟然這樣……士道……」

「……還好吧，有必要那麼吃驚嗎？我覺得這是他平常的反應啊……」

令音好像說了什麼話，但現在的琴里根本聽不進去。絕望的心情令她當場頹倒在地，手扶著額頭。

「琴……琴里！妳沒事吧？」

「唔……嗯……我沒事。我還沒有……放棄……！」

琴里藉由十香的幫忙站起身來後，轉動脖子環顧整個房間。

「總之，換下一個人！下一個是誰！」

琴里大聲吶喊後，四糸乃戰戰兢兢地舉起手。

「是四糸乃啊……我記得四糸乃抽到的情況是……」

「呃……我看看……是『平常十分疼愛、像純真妹妹一般的存在，找自己商量難以啟齒的事情，熊熊燃燒起悖德的火焰』……」

「很好，加油！也不要忘記帶我剛才給妳的小道具喔！」

琴里說完，指向放在四糸乃手邊、套上不透明書套的書。為了方便翻開頁面，中間頁數的部分還夾了書籤。

「好……好的。不過，這到底是什麼書呢……？」

「不用在意。妳千萬不要看裡面的內容喔。」

「呃……呃……」

「只要照計畫執行就沒問題，士道會妹萌喔！」

「萌……萌……？」

四糸乃一臉困惑地回答。琴里也覺得自己好像說了什麼奇怪的話，但現在不是在意那種事情的時候。琴里猛力指向房門，大聲吶喊：

「好了，上吧，四糸乃！用妳那可愛蘿莉的魅力，讓士道重振雄風吧！啊！不過，終究只是『像妹妹一般的存在』喔！不是『妹妹』喔！妹妹是我喔！」

「呃……呃……」

「回答呢！」

「我……我知道了……！」

四糸乃顫抖了一下肩膀後回答，接著立刻踏著拖鞋啪躂啪躂地前往士道的房間。

「十香那傢伙……到……到底在想什麼啊……」

好不容易把十香趕回去後，士道慢慢調整心跳的節奏，重重吐了一口氣。

很顯然地跟平常的十香不同，是琴里又灌輸她什麼奇怪的觀念嗎……？如果真是這樣，待會兒得去警告她一下才行。

正當士道皺著眉頭時，再次有人敲了敲房門。

「！是……是誰……？」

「那……那個……」

士道望向房門後，房門便慢慢打開，探出四糸乃的頭。

「什麼嘛……原來是四糸乃啊。怎麼啦？不要站在門口，進來吧。」

「不好意思，那我就打……打擾了。」

「哎呀～～已經鋪好棉被啦，士道真是猴急～～」

「……！四……四糸奈……！」

「喂、喂……」

士道苦笑著回應「四糸奈」。四糸乃羞紅了臉，微微低下頭後，戰戰兢兢地走向士道。

「那……那個……」

「喔，怎麼啦，四糸──」

「哥……哥哥……！」

聽見四糸乃突然發出的聲音，士道中斷了話語。

「咦……？妳叫我哥……哥哥……？」

士道提高聲調回答後，四糸乃便點了點頭，繼續說道：

「那個，我有事情要拜託哥哥……」

「什……什麼事？應該說，妳幹嘛叫我哥哥啊……」

不過，四糸乃並沒有回答，將抱在手邊的書攤開在士道的面前。

「那……那個啊，哥哥。他們正在做什麼啊……？告訴我好嗎？」

「咦？這是……」

士道看向四糸乃拿到他面前的書頁——立刻屏住了呼吸。

因為上面畫著男女一絲不掛抱在一起的畫面。

「四……四糸乃……？妳到底是在哪裡拿到這本書的……」

士道冒了一臉冷汗，顫抖著手指指向書本。

「咦……？」

可能是覺得士道的反應不對勁，四糸乃從上面探頭看向自己遞上前的書本——滿臉通紅。

「啊！那個……呃……這是……！」

書本當場掉在地上，四糸乃慌慌張張地揮舞著雙手。

「不……不是的。這是……那個，我……我只是想讓士道體會到男人的好處……！」

「男……男人的好處……？」

聽見四糸乃的發言，士道不禁皺起眉頭。結果四糸乃似乎更加倉皇，眼珠子不停地打轉。

「那……那個，不是這樣，呃……我……我覺得士道比較適合男人……！士……士道也覺得男人……比較好吧……？」

「不……不不不……這我實在無法接受……」

腦海掠過噁心的想像，士道抖動了一下臉頰。

「……！」

結果，四糸乃不知為何露出驚愕的表情，把書忘在原地，就這麼離開了房間。

「到……到底是怎麼一回事啊……」

士道聽著四糸乃啪躂啪躂跑走的腳步聲，發出呆愣的聲音。

派出第二刺客後，約過了十分鐘。四糸乃回到了女生房間。

「呼！呼……！」

不知為何，她一副莫名焦急的樣子，滿臉通紅。應該是用跑的回到這裡，呼吸也很急促。

看見四糸乃的模樣，琴里用力握緊拳頭。

「四糸乃，妳怎麼了？士道該不會順從本能，差點侵犯妳吧！」

「……妳為什麼看起來那麼高興啊？」

令音從房間深處對琴里如此說道。琴里赫然驚覺，趕緊調整表情，面向四糸乃。

不過，呼吸平靜下來的四糸乃卻猛力搖了搖頭。

「不是的……那個……」

四糸乃說完，一臉愧疚地低下頭。

「我中途慌了起來……所以，就跟士道說，他比較適合男人……」

「！是……是嗎……然後呢？士道怎麼說？」

「那個……他說他討厭男人……」

「……！」

聽見四糸乃說的話，琴里無力地跪倒在地。

討厭男人↓我已經受夠當男人了↓我不想被天生的性別給束縛↓叫我姊姊。

惡夢般的公式，蹂躪琴里的腦海。

——沒想到，沒想到他竟然會說得那麼明白……！

「……不是吧，聽起來他好像誤解成別的意思了……」

令音又再次發表意見，但是根本就傳不到頭腦受到衝擊的琴里耳裡。

「下一個！耶俱矢！夕弦！妳們兩人一組，去教教士道身為男人的喜悅！」

琴里好像快要哭出來似的大聲吶喊，猛力指向房門。於是，夕弦便慢悠悠地，而耶俱矢則是悻悻然地站起身。

「接受。交給我吧。只要夕弦出馬，士道馬上就會臣服在我的腳下。」

「……哼，本宮沒什麼幹勁呢。這張卡片是什麼啊……」

剛才為止還興致勃勃的耶俱矢，一臉不悅地嘟起嘴唇說道。

這也難怪，因為夕弦的卡片上寫著「絕對無敵的女王大人，教、導、他服從的喜悅」，而耶俱矢的卡片上則是寫著「絕對從屬的女奴隸，只要是主人的願望，什麼事都幫忙完成」。

沒錯。十香、四糸乃這種酸酸甜甜的情境攻擊都動搖不了士道，為了讓他重振雄風，只能直接刺激他身為男人的本能了！

「好了，妳們兩人出發吧！要用S跟M的同時攻擊，讓士道的理性崩潰喔！」

「……不對吧，怎麼能讓他崩潰呢。」

琴里發出高亢的聲音後，令音冷靜地吐槽。

「唉……她們兩個到底是怎麼了啊？琴里在吃飯的時候，樣子也怪怪的……」

就在士道煩惱要怎麼處理四糸乃遺落的書時，這次房門毫不客氣地「砰！」的一聲，被完全打了開來。

「怎……怎麼了啊？」

士道吃驚地望向房門，便看見奇妙的二人組走進房間。

他馬上就認出那是八舞姊妹……不過，問題出在她們的裝扮。

因為夕弦穿著非常裸露的黑色緊色衣，手裡拿著皮鞭，至於耶俱矢，則是穿著浴衣被繩子用龜甲縛綁法綁住，還戴上項圈，四肢著地趴在地上。

「妳……妳們兩個，這是在做什麼啊……？」

士道露出呆滯的神情後，八舞姊妹便以一副像是飼主和家犬的態度走到士道身邊。順帶一提，夕弦感覺非常開心，而耶俱矢則是非常不甘心的模樣。

「命令。士道，你還坐著幹什麼？快點趴下。夕弦要教你被人支配的喜悅。」

夕弦說完，用力揮鞭，甩了榻榻米地板一下。

接著，趴在夕弦腳邊的耶俱矢發出「唔……」的一聲，面紅耳赤地靠近士道後，立刻結結巴巴地開口：

「唔……吾……吾是主人的……奴隸。汝有任何願望，都請儘管吩咐……！」

語氣是很順從，但她的雙眼宛如某種猛禽般銳利。不過，這幅情景彷彿身分高貴的人被迫跪趴在地一樣，產生出一種反差感，令看在眼裡的人內心莫名一陣騷動。

「妳……妳們在幹嘛……」

話雖如此，士道現在的感受比較接近嚇得目瞪口呆。他不清楚兩人突然打扮成奇妙的模樣有什麼意圖，不由自主地向後退。

不過，夕弦毫不害羞地走到士道眼前，抓住他浴衣的衣領，將他按趴在榻榻米上。

「咕呃……！」

「強制。夕弦應該有命令你趴下吧。然後，耶俱矢仰躺在地上。」

「咦……？這是什麼意思，夕弦？我可沒聽說……」

耶俱矢打算說些什麼話的時候，夕弦甩了一下鞭子。

「噫……！」

「確認。妳沒聽見嗎？夕弦叫妳躺下。叫妳不檢點地露出肚子，做出服從的姿勢。」

夕弦如此說道後，耶俱矢便立刻原地躺下，拉開浴衣的衣襟，露出她白皙的肚子。

「喂……夕弦！」

「氣憤。夕弦應該有叫妳閉上嘴，耶俱矢。好了，士道。維持跪趴的姿勢，舔耶俱矢的肚臍，直到夕弦說停止才能停。」

「什麼……！」

士道和耶俱矢異口同聲地說道。

然而，夕弦卻像沒聽見一般，紅著臉頰，發出急促的呼吸。

「陶醉。呼、呼……士道對夕弦言聽計從，要舔耶俱矢的肚臍……呵呵，耶俱矢躺在地上擺出屈辱的姿勢被士道舔肚臍，露出悔恨的表情，也很令人痴迷呢。好了，快點開始吧……！」

夕弦語帶興奮地說道，並且打算把士道的頭壓向耶俱矢的肚子。

「等……等一下！妳惡作劇過頭了，夕弦！」

「喂、喂，夕弦！再怎麼樣，這也太過分了──」

「無視。好了，不要緊的，士道。耶俱矢的肚臍很甜。快點舔吧。」

然而，夕弦完全不理會兩人的抗議，更加用力地將士道的頭往下壓。

士道的臉漸漸逼近耶俱矢的肚子，他的呼吸輕撫過耶俱矢的肚臍。於是，耶俱矢發出「呀……」的甜蜜聲音。

「愉悅。看吧，嘴巴上說不要，其實耶俱矢妳不也很開心嗎？你們兩隻豬玩得開心一點吧。好了，快點──」

「鬧、夠、了、沒──啊啊啊啊！」

到達極限的耶俱矢和士道，同時大聲怒吼。

二十分鐘後，耶俱矢和夕弦回到了女生房間，角色互換了過來。

兩人還是穿著同樣的服裝，不過耶俱矢不知為何怒氣沖沖地握著皮鞭，將項圈套在夕弦的脖子上。

「……發……發生什麼事了啊？」

「哼，其實是如此這般啦。」

耶俱矢不悅地交抱雙臂，簡單地說明事情的來龍去脈。

「反省。過大的權力令人瘋狂。」

夕弦以聽不出到底有沒有在反省的口吻說道。琴里嘆了一大口氣，將手扶在額頭上。

「真是的……妳們在搞什麼啊……然後呢，士道還有沒有說些什麼？」

就算得不到期望的結果，但如果士道對八舞姊妹挑逗人心的對話有表現出一絲反應的話……琴里抱持著些許的希望追問道。

結果，耶俱矢和夕弦沉思般微微低吟了一下後，像是想起了什麼事一樣，同時點了點頭。

「說了什麼……嗎？聽汝這麼一問，好像有說。」

「首肯。夕弦記得他好像說了：『被女孩子凌虐跟凌虐女孩子，我都不會感到開心啦！』這句話。」

「妳……妳說什麼……！」

聽見兩人的證言，琴里驚愕地瞪大雙眼。

被女孩子凌虐跟凌虐女孩子，都不會感到開心↓想被男生凌虐，想凌虐男生。

也就是代表這個意思吧。

琴里的腦海裡，浮現出士道被身穿皮製緊身衣的肌肉男們玩弄身體的畫面。

「怎……怎麼會……沒想到他竟然墮落到這種地步……」

雖然琴里也覺得方向有些偏掉了，但那種問題根本不值一提。已經確定的是，士道正打算走上歪路。

「……雖然我不知道妳在想像些什麼，但我覺得妳應該是想錯了。」

令音以冷靜至極的語氣說道。不過，想當然耳，琴里並沒有聽進去。

琴里胡亂搔了搔頭，手裡拿著十香、四糸乃、八舞姊妹抽出的卡片，緊咬牙根。

既然如此……只好使出最後的手段。

「看來……只好由我出馬了。」

琴里原地站起來之後，伸手觸碰綁在頭髮上的緞帶，一邊走向房門。

「讓我來告訴你……『沒有血緣關係的妹妹』才是全屬性當中最強的。」

「受不了……到底是怎樣啊……」

把八舞姊妹趕出去後，士道終於鬆了一口氣。

大家今天到底是發什麼神經啊？樣子明顯不對勁。等一下或許應該跟琴里或令音確認一下比較好。

正當士道思考著這種事情的時候，房門又再次開啟，這次進來的人是琴里。

「喝啊！」

劈頭就冒出這句話，精神百倍地鑽進士道的棉被。

「啊哈哈哈哈哈哈！好軟喔！」

「琴里？」

看見琴里的態度跟之前截然不同，士道一時之間覺得很納悶……但他馬上就知道了原因。

因為琴里頭上綁著的緞帶顏色，從黑色換成了白色。

琴里對自己施加強力的思維模式，根據緞帶顏色的不同，個性會一百八十度大轉變。

雖然不知道琴里為何會在這個時間點更換緞帶……但士道更在意其他的事情。他面向琴里，開口說道：

「琴里，我問妳喔。剛才十香她們一個個輪流到我房間來，說了一大堆莫名其妙的話……妳知道為什麼嗎？」

「嗯～不知道耶。我也是因為那邊的房間太吵鬧了，才跑到這裡來的～」
「？是這樣嗎？」
「就是這樣呀。所以，希望你讓我在這裡休息一下，可以嗎？」
「嗯……是沒關係啦……」
「太好了！哥哥，謝謝你～」
琴里天真無邪地如此說道後，就直接躺在棉被上，玩起自己帶來的手機。
大概過了三分鐘，琴里看著手機螢幕，以若無其事的語氣說：
「話說回來，哥哥。這裡的露天溫泉很棒對吧？」
「嗯？是啊。溫泉水的溫度也恰到好處，一望無際的海景……」
「咦！」
琴里大聲吶喊，從棉被上跳起來，抓住士道的手臂。
「那是怎樣，好～奸～詐喔！女浴池有一半被樹籬擋住了，根本看不見風景！」
「咦？妳之前不是說過，女浴池也看得到海景嗎？」
「人家才沒說過呢！好奸詐、好奸詐！只有哥哥那麼享受，太奸詐了！」
「就……就算妳這麼說，我也沒轍啊……」
士道一臉困擾地搔了搔頭後，琴里便拉了拉士道的手。

「我要再去泡一次澡！我要請旅館的人把男浴池改成混浴，哥哥也一起去泡吧！」

「好、好……等等，妳……妳在說什麼啊！」

由於琴里邀約得太過自然，士道差一點就答應了，所幸在千鈞一髮之際踩下剎車。

不過，琴里還是不死心，再次拉著士道的手。

「沒關係啦！這裡全被我們包下了，我們以前不是經常一起洗澡的嗎！」

「以前是到小學低年級為止吧！」

士道邊說邊皺起眉頭。總覺得這個對話，數十分鐘前也說過的樣子。

不過，這個想法被琴里接下來的發言完全抹消。

「少假了啦！我們這個月還一起洗過澡呢！」

聽見琴里的話，士道赫然驚覺。話說回來，這個月初琴里生日的時候，家裡突然停電，怕黑的琴里要求自己跟她一起洗澡。

士道想起當時的事……更加用力地甩了甩頭。沒錯。因為琴里身體發育的情況超乎他的想像，當時還不自覺地心跳加速。

「不行、不行、不行！絕對不可以！要泡的話，妳自己一個人去！」

「……！哥哥你不想跟女生一起泡澡嗎……？」

「對！我不想！」

「……！」

士道斬釘截鐵地說道後，琴里驚愕得瞪大雙眼。

「……？琴……琴里……？」

士道覺得琴里似乎受到了很大的衝擊，呼喚她的名字後，琴里便像是重振起精神般，甩了甩頭，再次倒在棉被上。

然後，伸手拿起四糸乃剛才忘記帶走的書，快速翻閱。

「啊，那是……！」

士道咒罵自己的粗心大意，為什麼放著那本書不管。

不過，為時已晚。琴里翻到先前四糸乃翻給他看的那一頁，以澄澈的眼神望向士道。

「吶、吶，哥哥。他們兩個在做什麼啊？」

「沒……沒有啦，那是……」

「看起來……好像很開心呢。吶，哥哥。我也想做做看……這是你的書，你應該知道……該怎麼做這個動作吧……？」

琴里如此說完後，便將身體挨近士道。

「噫……！」

士道好不容易讓劇烈跳動的心跳和緩下來後，抓住琴里的肩膀推開她。

「……喂，妳玩笑開得太過火囉。」

「……！這一招……也行不通嗎……？」

士道以有些嚴厲的口吻說道後，琴里便露出充滿絕望的表情。

不過，琴里馬上甩了甩頭，當場丟掉書本，以飛快的動作將綁頭髮的緞帶從白色換成黑色。

接著從浴衣的袖子裡拿出皮鞭──「啪！」的一聲，甩向榻榻米。

「琴……琴里……？」

「哎呀，誰准你說話啦？豬說人話，未免太奇怪了吧……？你應該噗噗叫才對吧？」

琴里以剛才的個性一百八十度大轉變的口氣蠻橫地說道。

「喂，我……我說啊，妳從剛才開始是怎麼了啊？很奇──」

「你真是頭蠢豬耶。」

琴里說完後，抓住士道的後頸項，當場拉倒他，讓他跪趴在地。然後抬起單腳，用力踩向士道的頭。

「啊哈哈！這姿勢真不錯呢。好了，可憐的小豬。我准許你舔我的腳。」

「我……說……妳……啊……」

士道咬緊牙齒，面對琴里突然大變的態度。綁上黑色緞帶時，琴里傲慢的言行確實很顯著，但這也太不講理了吧。

「鬧夠了沒……啊！」
士道大聲怒吼，猛然抬起被琴里踩著的頭。
「嗚……哇啊！」
於是琴里失去平衡，當場跌了一大跤。不過——
「啊，痛死人了。嗚……嗚哇，這是怎麼回事啊～～」
琴里假惺惺地說道。士道看見她的姿態，嚇得目瞪口呆。
因為琴里不知是怎麼跌的，竟然將屁股高高翹起，對著士道。而且浴衣的衣襬大開，露出了內褲。再加上跌倒時鞭子纏繞住她的雙手，限制住她的行動。這也未免太過不自然了吧。
「琴……琴里……？」
「呀！支配者跟奴隸的立場對調過來了！姿勢這麼丟臉，卻無法動彈！你……你想做什麼！你想對無法行動，沒有血緣關係的可憐妹妹做什麼！」
琴里說著不時偷瞄士道的反應。就各種意義而言，士道覺得非常困擾，呆站在原地。
於是琴里可能是耐不住性子，對士道搖著屁股同時往後退——然後，突然停止動作。
「嗯……？」
士道覺得疑惑，看向琴里，發現自己泡澡前穿的衣服，正好丟在琴里的臉部附近。對喔，他還沒收進包包裡。

「……！」

琴里似乎察覺到什麼事情，聞了聞衣服的味道，然後——

「……哥……」

「哥？」

「哥哥你這個大笨蛋————！」

琴里發出高分貝的喊叫聲，瞬間解開束縛，逃跑似的離開了房間。

——糟糕透了！糟糕透了！糟糕透了！

琴里奔跑在走廊上，不停在心中重複這句話。

士道的女性化，已經遠遠超過琴里擔心的程度。不只對十香、四糸乃、八舞姊妹的誘惑絲毫沒有動搖，甚至連琴里的必殺妹妹露內褲這招都沒有興趣。

最嚴重的是——剛才琴里所聞的士道衣服的味道。

沒錯。琴里將臉埋進衣服的瞬間……雖然不想承認，但一股女孩子的味道撲鼻而來。她已經不知該如何是好了。

琴里胡亂一把打開女生房門後，直接鑽進自己的棉被，發出類似抽泣的呻吟聲。

「嗚……嗚嗚嗚……這不是真的……這不是真的……是我在作夢……是我在作惡夢……」

琴里因殘酷的現實而意志消沈，這時有人用手溫柔地撫摸她的背。是令音。仔細一看，其他人也跟令音一樣，一臉擔心的神情。

「唔，妳到底怎麼了啊，琴里？」

「從剛剛開始……就怪怪的……」

「呵呵，有什麼煩惱就說出來吧。本宮瞬間就幫汝解決。」

「首肯。雖然不知道妳發生了什麼事，但說出來會輕鬆一點。」

「大家……」

琴里吸著鼻涕，死了心似的唉聲嘆了一口氣。

本來打算想辦法暗中解決，但她已經無法一個人承受。琴里宛如決堤般，滔滔不絕地向大家說出士道的事。

「……事情就是這樣。」

「竟……竟然……」

仔細聆聽琴里說話的大夥兒，嚥了一口口水，露出緊張的表情。

不過，令音冷靜的聲音，像是撕裂所有人的緊張一般，響遍整個房間。

「……我了解整件事情了。不過，沒辦法馬上相信呢。」

「我之前也是……不敢相信啊。可是——我看到了！而且，一連串的作戰失敗，不就應證了這件事嗎……！」

「……不，我覺得不應該就這樣妄下判斷……」

令音搔了搔臉頰，繼續說道：

「……總之，琴里。妳所看見的，終究只是從衣籃撒出來的內衣褲，而不是看到小士正把女性內衣褲穿上的畫面吧？那麼，等實際確定小士是否有穿女性內衣褲後，再來悲觀也不遲吧？」

「妳說……確定……」

聽見令音說的話，琴里皺起了眉頭。

令音說的話確實也不無道理。不知是幸還是不幸，她們一行人正在旅館住宿。要在深夜裡潛入士道的房間，確認他身上穿的衣服，並非做不到吧。

不過，要是敞開士道的浴衣——發現他身上穿著胸罩和女用內褲的話，琴里可能會化為火燙的惡鬼，將附近一帶沉入火海也說不定。

然而，琴里甩了甩頭。

「……好吧，就這麼做。什麼都不做，猶豫不決的，根本不像我的作風。」

琴里說完後，十香等人也同樣點了點頭。

——深夜三點，旅館內只聽得見輕微的海浪聲和蟲鳴聲，琴里、十香、四糸乃、耶倶矢以及夕弦五人，屏聲息氣地行走於走廊上。

她們前往的，當然是士道的房間。目的是趁士道睡覺的時候，拉開他的浴衣，確認他身上穿的內衣褲。

「唔，總覺得……很刺激吶。」

「像是在做……壞事……」

十香和四糸乃從後方輕聲說道。於是，八舞姊妹像是回應她們說的話一般，用鼻子哼了哼。

「呵呵，因為做的事跟半夜偷偷跑去男生房間幽會沒兩樣嘛。」

「悸動。偷偷潛進房間，脫別人衣服。完全是犯罪行為。」

「噓！到了。」

琴里豎起一根手根，示意大家安靜後，從懷裡拿出萬能鑰匙，盡可能不發出聲音地打開房間的鎖。

「……好了，要進去了喔。小心一點。」

琴里如此說道後，慢慢地打開房門，脫下拖鞋，進去士道的房間。十香、四糸乃、耶倶矢和夕弦也緊接著走進房間。

然後，走在幽暗的房間裡——來到了應是士道正在睡覺的棉被旁。雖然棉被整個蓋住頭部，但棉被偶爾會蠢動，像是有人在翻身一樣。士道肯定就在裡頭吧。

「……」

琴里站在他的正前方，嚥下一口口水。

接下來要進行的動作本身並不太難。掀開棉被，拉開浴衣，確認士道的內衣褲。就只是這樣而已。

不過，因為可能看見殘酷的現實，令琴里暫時不敢行動。

但現在這裡有一群少女溫柔地按住琴里的肩膀和背部。像是要琴里鼓起勇氣一樣，所有人用力地點了點頭。

「大家……」

琴里點頭首肯後，彎下膝蓋，伸手觸碰棉被。

老實說，琴里做的事跟變態沒兩樣，但對這群當事者而言，這項舉動無非是既崇高又尊貴無比的決心。

琴里在手部施加力量，慢慢地掀開棉被。

一開始看見的是腳。應該是趴著睡覺，腳掌朝上。

琴里再慢慢將棉被往上掀。可能因為睡相導致浴衣全敞開了，到膝蓋、大腿的位置都沒看見浴衣。

「……！」

然後，琴里下定決心，將棉被繼續往上掀。

她看見的畫面是——

「不會——吧……」

琴里發出呆愣的聲音。

因為從棉被中出現的下腹部穿著的不是士道愛穿的四角內褲——而是純白的女用內褲。

「——……——……——」

肺部發出「噫！噫！」類似痙攣般的呼吸聲。

已經確定了，無法推翻。士道他……想當女生。

頭腦一陣翻騰。視野模糊，逐漸失去平衡感。彷彿要否定剛才看見的畫面般，琴里的意識墜入黑暗……

「……唔？這個味道是……」

就在這個時候，十香抽動著鼻子。

「琴里，可以讓我看看嗎？」

「咦……？」

琴里呆立在原地，於是十香拉住琴里握住的棉被，一口氣掀了開來。

結果，眼前出現的是——

「唔……唔……」

像是作惡夢般痛苦地發出呻吟的士道——

「……」

以及一臉若無其事的表情壓在士道身上，只穿著內衣褲的鳶一折紙。

「鳶……鳶一折紙……！」

琴里發出高亢的聲音說道。話說回來——因為士道女性化的問題，自己完全忘記這個女人目前正潛藏在這間旅館裡。

這時，琴里突然發現，折紙身上穿著的內衣褲，正是她剛才在更衣處所看到的。

「咦——」

在她的腦海裡，有種拼圖漸漸拼湊完成的感覺。琴里可能誤會大了——

「妳這個混帳！為什麼會在這種地方！還不離開士道！」

不過，琴里的思考卻被十香的怒吼聲給打斷。

沒錯。現在不是思考事情的時候。有可疑人物鑽進士道的棉被裡，沒時間報警等警察來，是刻不容緩的異常事態。

不過，折紙本人卻滿不在乎地回望琴里等人。

「半夜偷偷跑到男生房間，真不要臉。」

「妳還敢說別人！少廢話，先給我離開士道！」

十香大聲吶喊，伸出手打算抓住折紙的手臂。

於是那一瞬間，折紙從被褥裡拿出像手榴彈的東西，拔掉插銷，扔向琴里等人。

「什麼……！」

不一會兒，手榴彈便以驚人的氣勢噴出煙霧，籠罩整個房間。

「這——這是……！」

「什……什麼都看不見……！」

「唔，汝幹什麼啊！」

「驚嘆。咳！咳！」

所有人都說出自己內心的慌亂。接著從房間內部響起玻璃破碎的聲音，充滿房間的煙霧像被吸出一樣，漸漸變淡。

然而——當琴里等人視野清晰時，士道和折紙早已不見蹤影。

「士……士道！」

「琴里！在那裡！」

十香衝到窗邊大聲喊叫。琴里朝她指示的方向看去後，發現半裸的折紙抱著士道，乘著小型滑翔翼慢慢地滑翔在空中。逃走的方式宛如動畫裡出現的怪盜。

「什麼……竟然連那種東西都準備好了……」

琴里憤恨不平地皺起眉頭，輕輕敲了敲耳麥，打算對〈佛拉克西納斯〉下指示。不過——總不能連折紙也一起傳送到〈佛拉克西納斯〉，也不能在海上擊落滑翔翼。

到底該如何是好……正當琴里陷入煩惱時，她看見隔壁十香的身體發出淡淡的光芒。

十香穿著的浴衣周圍出現了淡淡的光膜。靈裝，守護精靈的絕對盔甲，亦是堡壘。看樣子，十香似乎因為親眼看見士道被擄走的這個衝擊事態，導致精神狀態不安定。

「把士道……還來啊啊啊啊啊！」

十香大聲吶喊的瞬間，房間裡出現了巨大的王座，十香握住插在王座椅背上的大劍。

「〈鏖殺公〉……！」

「等一下，十香——！」

十香不聽琴里制止，朝夜空釋放出天使的一擊。

「……哈……哈啾！」

隔天早上，大家一起吃早餐時，士道打了個大噴嚏。

「喂，注意衛生啦。」

「喔喔……抱歉。」

琴里說完後，士道一臉抱歉地回答，然後納悶地皺起眉頭。

「那個，我有幾件事想要問妳。」

「什麼事？」

「……為什麼我會感冒啊？」

「我……我哪知道啊。應該是睡覺時不小心著涼了吧？」

「……那麼，為什麼我全身都是傷啊？」

「誰……誰曉得。應該是睡相太差吧？」

「……話說，我覺得我今天起床時的房間，好像跟我昨天待的房間不一樣耶……」

「才……才沒那回事呢。你還沒睡醒嗎？」

「……」

琴里斬釘截鐵地接連回應士道的問題，士道疑惑地歪了歪頭後，指向餐桌最旁邊。

「……那麼，為什麼折紙會在那裡？」

沒錯。餐桌的角落坐著和士道一樣全身纏滿繃帶、貼滿ＯＫ繃的折紙。而且，她的雙手還被手銬銬住，腰部也被堅韌的繩子綁住。那副模樣簡直像是護送中的嫌疑犯。

「別在意。」

這句話是折紙說的。

「……這……這樣啊。」

本人都這麼說了，士道似乎也無法再追問下去。他神色困惑地繼續吃早餐。

「……」

看見士道的模樣，琴里輕輕嘆了一口氣，輕得沒有任何人發現。

結果，昨天的事情全是琴里誤會了。琴里誤以為是士道的內衣褲，其實是折紙的，士道很平常地穿著自己的內褲。

對十香等人誘惑的反應，後來仔細想想，發現都是非常符合士道個性的回應。看來，琴里因為誤會士道想變成女孩子，受到太大的衝擊而失去了冷靜判斷的能力。

因為這種事情就驚慌失措，實在沒資格當司令。琴里轉換心情，大口大口地扒起飯。

……不過……

「……幹……幹嘛啦？」

或許是察覺到琴里的視線，士道以疑惑的眼神回望琴里。

「……士道，我還是姑且問你一下。」

「嗯，什麼事？」

「你應該……沒有想要當女生之類的想法吧……？」

「啥？妳突然說這是什麼話啊？」

「你別管，回答我。」

琴里以認真的語氣詢問後，士道便露出一副覺得莫名其妙的表情，聳了聳肩。

「當然啊，我才沒有想當女生的想法。」

「……這樣啊。」

聽見士道的回答，琴里鬆了一口氣。

可能是覺得琴里的樣子很奇怪，士道皺起了眉頭。

「話說，妳怎麼會這樣想呢？」

琴里從鼻間哼了一聲後，不自然地移開了視線。

「沒有啊。」

讓人家驚慌失措，被你耍得團團轉。當然，琴里十分清楚錯不在士道，也沒有想要報復他，

不過——

如果下次有機會的話，絕對要讓士道穿女裝，好好嘲笑他一番。琴里在內心如此決定。

精靈國王遊戲

KinggameSPIRIT

DATE A LIVE ENCORE 2

被扔進巨大的爐子裡，用小火慢慢烤，肯定是這種心情吧。

士道沐浴在周圍投射而來刺痛肌膚的銳利視線下，不由自主地這麼想。

「唔……」

他輕聲低吟，轉動眼珠子察看四周的情形。

六張榻榻米左右的空間裡，擺放著一張大桌子，十香、琴里、四糸乃、耶俱矢、夕弦、令音，以及折紙，圍繞著桌子坐下。應該說……除了四糸乃和令音以外的所有人臀部只是勉強觸碰到椅子而已，她們做出向前傾的姿勢，彷彿馬上就要撲向士道。

還有她們閃閃發光的炯炯眼神正緊盯著士道。士道的背部已經大汗淋漓。

話雖如此……說得更正確一點的話，所有人熱烈的視線並不是投射在士道身上。

而是緊盯著士道手中所握著的一束免洗筷。

「……！」

支配四周的強烈緊張感，令士道不禁吞嚥一口口水。不過，總不能一直這樣下去。他下定決心，吸了一口氣後，開啟顫抖的嘴脣說：

「誰……誰是……國王……！」

——那一瞬間……

「喝！」

所有人同時用手撐住桌面，探出身子，宛如一窩蜂衝向扔進池裡的肉的食人魚，爭先恐後地搶抽免洗筷。

「嗚……嗚哇……！」

轉眼之間，五根免洗筷便從士道的手中消失得無影無蹤。這不是比速度的競賽啦……就算這麼跟她們說，她們現在也聽不進去吧。

「呃……呃……那我要抽了。」

「……嗯，那我就選這支吧。」

暴風肆虐過去，四糸乃戰戰兢兢，而令音則是慢悠悠地抽取剩下的免洗筷。

「好耶！」

十香大叫出聲，高舉免洗筷。

上面寫著光輝燦爛的「王」字。

「這次換我抽到國王！覺悟吧，鳶一折紙……！我要妳後悔妳幹下的好事！」

十香說完，對折紙狠狠亮出免洗筷。不過，折紙只是面不改色地回以她平靜的視線。

士道看著這幅情景，以絕望的心情呢喃道：

「……國王遊戲是這樣玩的嗎……？」

◇

這件事發生在放完暑假幾天後的某一天。

告知第四堂課結束以及午休時間開始的鐘聲響起，士道收起課本和筆記本，正準備吃午餐的時候，桌子從兩旁「砰！」的一聲，跟他的桌子合併。

「士道！來吃午餐吧！」

「午餐時間到了。」

擁有一頭漆黑長髮、水晶眼瞳的少女——十香從右邊，容貌如洋娃娃般的少女——折紙從左邊同時說道。

兩人抽動了一下眉毛後，露出鋒利的視線互相對視，又同時撇過頭去。

該怎麼說呢，兩人明明水火不容卻又默契絕佳。士道看著這幅情景，搔了搔臉頰。

十香剛轉來的時候，兩人互不相讓，吵得差點扭打了起來，不過士道嚴重警告她們之後，兩人都多少克制了一點……話雖如此，也不過等同於從積極的交戰轉為冷戰，絕對不代表士道可以放鬆心情。

當士道臉頰滴著汗水，正打算從書包裡拿出便當（慎重起見，裡面的菜色跟十香的有些微妙的不同）時，教室的門突然打開，兩名少女手挽著手，得意洋洋地走了過來。

她們是讀隔壁班的雙胞胎姊妹，八舞耶俱矢和八舞夕弦。

「呵呵……哎呀，本宮還想說怎麼那麼熱鬧呢。原來是士道、十香還有折紙呀。汝等也要吃午餐嗎？那就一起吃吧。吾等也才剛踹開在煉獄裡蠢動的亡者們，得到糧食呢。」

「勝利。夕弦跟耶俱矢今天依然是最強的。我們八舞所向無敵。」

「呵呵，這種事用不著一再強調！陰陽兩界都不可能有人能夠阻擋吾等橫掃萬象的颶風皇女八舞！」

「同意。耶俱矢說的完全沒錯。尤其是今天，耶俱矢的動作真是精彩極了。那迅速又優美的體態，是只有耶俱矢才能做到的藝術。」

「別這麼說，全靠夕弦的輔佐才能完成。」

「首肯。不過，那也是因為耶俱矢的動作夠精湛。」

「但還是夕弦比較優秀。」

「否定。是耶俱矢。」

兩名長相一模一樣的少女持續這樣的對話一會兒後，露出竊喜又傻笑的模樣，朝士道三人志得意滿地挺起胸膛。

兩人還是感情好得令人看了好生嫉妒呢。士道不禁露出苦笑，從頭到腳仔細打量兩人一番。

雖說長得一模一樣……但那終究是以臉部的構造而言。

將頭髮高高綁起，看似好勝的耶俱矢的苗修身材，與綁著三股辮、表情呆滯為特徵的夕弦的肉感體型，挺起胸膛後，差異又更明顯了。總覺得耶俱矢好可憐……當然，耶俱矢也有她迷人的地方，無法論兩人誰比較好。

耶俱矢和夕弦可能沒有察覺到士道的想法，高高舉起手裡拿著的麵包袋。

耶俱矢買的是菠蘿麵包、青豆餡麵包和草莓牛乳，而夕弦則是鮪魚三明治、咖哩麵包和咖啡牛奶。

「喔喔，妳們今天又去福利社了啊。」

士道說完後，耶俱矢和夕弦兩人誇張地點了點頭。

不久之前，在沒有幫她們準備便當的時候，士道曾經帶兩人去過福利社。不過後來，兩人好像完全愛上了福利社，最近都是買麵包當午餐。

「話說回來，妳們動作還真快呢。午休才剛開始吧。」

「呵呵，兵貴拙速。為了買到絕佳逸品，關鍵在於速度。」

「首肯。不過，今天的敵人很難對付呢。」

夕弦嘆著氣說道。

這還真是難得呢。士道瞪大了雙眼。

「到底是誰？福利社四天王加入新成員了嗎？」

不過，兩人搖了搖頭回應士道說的話。

「不是，是福利社的老闆。吾等沒帶銀兩，請求她讓吾等賒帳，不知為何她卻一直緊追在吾等後頭。」

「首肯。一把年紀，速度倒是挺快。我們費了好大的功夫才甩掉她。」

「噗……！」

聽見兩人說的話，士道不禁噴飯。

「妳……妳們兩個，沒付錢就拿走東西了嗎？」

「不是說是賒帳嗎！」

「贊同。明天一定會付。」

士道敲了敲兩人的頭。

「好痛！」

「驚愕。痛。」

耶俱矢和夕弦按著頭，發出短促的哀號聲。

「汝……汝做什麼啊！」

「不服。要求說明。」

「對方沒答應，就不能賒帳啦！我幫妳們付，跟我走，一起去道歉！」

「唔咕……」

「不滿。唔……」

八舞姊妹一臉不滿地嘟起嘴脣，但還是乖乖地跟著士道移動腳步。

士道嘆了一大口氣後，望向十香和折紙。

「……事情就是這樣。抱歉，我去一下福利社，妳們先吃……」

「唔？」

「……」

十香和折紙同時注視著士道，令他止住了話語。

……放冷戰狀態的十香和折紙兩人獨處，士道覺得十分不安。

士道環顧教室——在靠牆的位子上，發現正好可以解決如此窘境的一群人。

「……山吹、葉櫻、藤袴！」

士道開口後，原本談天說笑得正開心的女同學——山吹亞衣、葉櫻麻衣和藤袴美衣三個好朋友同時看向他。

「嗯，什麼事？」

「怎麼啦？」

「五河同學會找我們說話，真是稀奇呢～」

「我離開座位一下，可以請妳們陪陪十香嗎？拜託！」

士道如此說完後，便帶著八舞姊妹離開。

……雖然士道才剛教訓過耶俱矢和夕弦要得到對方的同意才行，但他也無可奈何。要是福利社大嬸跟老師告狀的話，最壞的情形有可能會遭到停學處分。不過……如果真的變成這樣，〈拉塔托斯克〉應該也會想辦法處理吧。

「啊！士道！」

「……」

「喂，怎麼突然這樣啊！」

「總該解釋一下吧！」

「我們可是很貴的喔，混蛋！」

背後傳來十香和三人組的聲音，士道走出教室。

「受不了……到底是怎樣啊，也不說明一下。」

「就是說呀。要我們陪十香，當然隨時都可以啊。」

「但五河同學頤指氣使的態度，讓人無法接受呢。」

士道帶著八舞姊妹離開教室後，亞衣、麻衣、美衣氣呼呼地一邊抱怨一邊走向十香。三人看見十香和隔了一個座位坐在旁邊的折紙後，立刻露出恍然大悟的表情苦笑。

「喔喔……原來如此啊。」

「確實不能放她們兩人獨處呢……」

「夜鳶戰爭爆發嗎……」

三人說完拉來空椅子，圍住十香坐下。

「事情就是這樣，十香。在五河同學回來之前，要不要跟我們聊天？」

「不過，五河同學真是過分耶～～竟然丟下十香離開。」

「真是不可原諒。等他回來之後，要用繩子綁住他的雙腳腳踝，往左右兩邊使勁拉扯，撕裂他的身體！」

三人妳一言我一語地說道。十香搖了搖頭表示否定。

「不會……沒關係，我能諒解。士道有許多必須做的事，不可能只照顧我一個人。」

十香說完後，三人像是非常感動地濕潤著眼睛，同時用力抱住十香。

「嗚……嗚！」

十香被三人擠得亂七八糟，不由得發出慌亂的聲音。不過，亞衣、麻衣、美衣的氣勢依舊不減，用臉頰不停地磨蹭十香。

「啊啊！十香，妳這孩子怎麼會那麼善解人意啊！」

「不過，妳可以不用勉強喔！」

「就是說啊！女孩子任性一點才可愛！」

「不……不過，我不想給士道添麻煩。」

十香說完後，三人「嗯、嗯」地點著頭，終於離開她的身體。

「可是，妳應該想跟五河同學多撒一點嬌吧？」

「這……這個嘛……」

十香欲言又止……臉頰微微泛紅，點了點頭。亞衣、麻衣、美衣見狀，立刻興奮地大叫。

然後，三人圍成一圈竊竊私語，露出狡黠的笑容。

「那麼～～我告訴妳一個小祕方。」

「用這個方法，就可以無限要求五河同學做許多事情喲。」

「可以要求他為妳做任何事情喔！」

「什麼……有……有那種方法嗎！」

十香驚愕地瞪大雙眼，於是三人自信滿滿地點了點頭。這個時候，先前從頭到尾毫無反應的折紙，抖動了一下她的耳朵……但十香的注意力被所謂的小祕方給吸引，並沒怎麼發現到折紙的狀況。

「我跟妳說，那就是——」

亞衣、麻衣、美衣露出狂妄的笑容後，將那個方法傳授給了十香。

「唉……真是的，下次開始不要再這樣囉！」

離開教室約十五分鐘後，士道向福利社大嬸再三道歉，總算不用被追究責任，平息了事態。

「呵呵，辛苦汝了，士道。本宮誇獎汝。」

「首肯。交給你處理就好。」

他一邊上樓，一邊無奈地嘆了口氣。

走在後頭的耶俱矢和夕弦如此說道。士道皺起眉頭，狠狠瞪向後方。

「還不道歉。」

「……唔咕，抱歉。」

「反省。不會再犯了。」

八舞姊妹說完後，意外老實地低下頭道歉。士道抓了抓頭，同時打開教室的門。

士道的桌子旁邊，聚集了十香、折紙，還有亞衣、麻衣、美衣。看來兩人並沒有吵起來。士道鬆了一口氣，走向她們。

於是，發現這件事的十香便露出開朗的神情，站了起來。

「士道！」

「喔，抱歉啊，十香，讓妳久等了。」

士道一邊說著一邊望向亞衣、麻衣、美衣，舉起手表示感謝。結果，三人並沒有露出不滿的表情，反而有些愉快地回以他詭異的笑容。

「嗯……？」

士道覺得很奇怪，歪了歪頭，但他的思緒馬上被打斷。

因為十香來到士道眼前，發出精神奕奕的聲音：

「吶，士道，你知道國王遊戲嗎？」

「咦……？喔……喔……我知道啊……」

士道雖然感到困惑，還是點頭回答。

雖然沒有實際玩過，但至少還知道遊戲規則。他記得是這麼玩的，依照人數準備好免洗筷，

在其中一支免洗筷的前端寫上「王」，然後抽籤，抽到「王」的人就是國王，能命令抽到其他數字的人做某些事。

國王的命令是絕對的，不能拒絕。基於這個規定，聚會喝酒時或是聯誼時似乎經常玩這個遊戲……老實說，給人的印象並不是太健全。

「我想玩玩看那個遊戲！一起玩吧！」

「咦……什麼？」

士道雙眼圓睜——馬上再次看向亞衣、麻衣、美衣。結果，三個女生不自然地移開視線，「咻～咻～」地開始假裝吹口哨。

「她……她們三個，又多事了……」

「吶，不行嗎？士道！」

「沒……沒有啦……那個……」

士道為難地游移視線。

這個時候，或許是對「遊戲」這個單字產生反應，站在士道背後的耶俱矢和夕弦兩人的眼睛閃閃發光，突然出面。

「哦，汝說的話似乎很有意思嘛。」

「自信。玩遊戲的話，夕弦和耶俱矢兩人不會輸。希望可以參加。」

「唔？」

八舞姊妹如此說道後，十香便疑惑地瞪大眼睛。

「我聽說國王遊戲是兩個人玩的……也可以大家一起玩嗎？」

「咦？可以啊……反而不太常只有兩個人玩……」

聽見士道說的話，十香回答：「是這樣嗎？」然後點了點頭。亞衣、麻衣、美衣在她背後比了一個大叉叉，但十香似乎沒有注意到。

「原來是這樣啊。那就大家一起玩吧！吶，可以吧，士道！」

「呃……這個嘛……」

士道想不出讓她死心的說詞，搔了搔臉頰。

「那……那麼，如果琴里同意的話……」

「嗯！」

十香一臉滿足地點了點頭。

◇

「──好啊，沒什麼不行的。」

放學後，士道回到家找妹妹琴里商量這件事，得到的卻是如此隨便的回答。

「妳竟然答應喔！」

士道忍不住大叫出聲。他雖然對十香那麼說，但內心卻期待著琴里能編出什麼合理的理由，讓十香放棄。

琴里搖晃著用黑色緞帶綁起的雙馬尾，仰靠著沙發，瞇起圓滾滾的眼睛，望向士道。

「有什麼關係。既然十香說想要玩，你就陪她玩啊。以〈拉塔托斯克〉的立場來說，也不想妨礙精靈自發性的行動。」

琴里說完，豎起嘴裡含著的加倍佳糖果棒。

沒錯。士道的妹妹是就讀市內學校的國中生，同時也是〈拉塔托斯克機構〉這個組織的司令官，他們的理念是保護十香等「精靈」，讓她們過著幸福的生活。

「可……可是，玩國王遊戲對十香來說太早了吧……」

士道臉頰流下汗水如此說道後，琴里迅速努了努下巴，聳起肩。

「哎呀，純粹只看規則，我倒認為是非常正經的派對遊戲啊。如果你抽到國王，到底打算對她們下什麼命令呢？」

「唔咕……」

士道不禁窮於回答。他完全沒有打算命令別人做什麼刺激的事情，只是好像被看穿了自己有不純潔的想像，而感到有些丟臉。

這個遊戲確實會先讓人只聯想到不健全的印象，但幾個知心好友下些溫和的命令來享受這個遊戲，應該沒什麼問題。

「真要說的話，冷淡地拒絕要求，讓十香感到不滿還比較嚴重吧。要是你真的那麼擔心，我跟令音也參加來協助你。」

「嗯……我……我知道了。」

士道點了點頭後，琴里便微微抬起腳，利用反作用力從沙發上站起來。

「好了，事不宜遲。趕快去準備吧。會場……在家玩也可以啦，不過機會難得，去有氣氛一點的地方吧。」

琴里說完拿出手機，快速地操作螢幕，打電話到某個地方。

之後約過了一個小時。換好衣服的士道一行人來到了車站前的一間KTV包廂。

約六張榻榻米大小的空間陳列著桌子和長椅，房間的最深處擺放著播放音樂影片的大螢幕和KTV器材。牆壁上用螢光塗料畫了好幾個星星圖案，從天花板照射出五顏六色的燈光。

十香和八舞姊妹應該是第一次造訪這種場所，一進去房間就睜大眼睛，環顧四周。

「喔……喔喔……這裡是怎麼回事！好棒喔，房間閃閃發光耶！」

「呵呵，原來如此啊，汝準備了符合國王的場所啊。」

「理解。夕弦很滿意，這場勝負果然不能輸。」

三人一邊說著這些話一邊點頭，走進房間。

接著踏進房間的是一名嬌小的少女，她戴著帽簷寬大的草帽，左手套著獨特的兔子手偶。擁有一頭海藍色的頭髮，以及一雙藍寶石般的眼瞳。是琴里說機會難得，邀請她參加的精靈——四糸乃。

「哇……好棒喔，四糸奈。」

「嗯嗯，總覺得很浪漫呢～」

四糸乃跟十香她們一樣，眼睛閃耀著光芒呢喃後，左手的手偶「四糸奈」便嘴巴一張一闔地回應。她們似乎也是第一次進來ＫＴＶ包廂。

話雖如此，在這種環境下玩遊戲實在太不方便了。從四糸乃身後進來的琴里和令音調整房間的燈光，切換成普通的照明。十香等人發出「喔喔！」的驚嘆聲。

士道看見這幅情景露出苦笑，最後一個進來房間後，便關上門坐到位子上。

然後，用裝設在房間裡的電話隨便點了飲料和輕食，等餐點送來後，從琴里手上的包包裡拿出所有人數的免洗筷。

「好了，那我們開始玩十香期待的國王遊戲吧。」

「喔喔！」

十香緊握拳頭，高聲吶喊。

「——我剛才大概說明過一次了，應該都會玩吧……」

琴里說完，舉起一根免洗筷。前端寫著「王」字。

「國王遊戲就是大家一起抽籤，抽到寫著這個『王』字免洗筷的人，就能命令其他人做任何事一次。」

「命令……嗎？」

四糸乃說。琴里點頭回答：「對。」

「其他免洗筷上會寫數字，要指定數字來下命令。總之，先玩個一次吧。」

琴里握住全部的免洗筷，遮住寫著文字和數字的部分，伸到大家面前。

「好了，一人抽一支吧。不要讓別人看到喔。」

所有人聽從琴里的話，開始抽籤。接著，琴里握住剩下的一支免洗筷，大聲說道：

「誰是國～～王！」

說完的同時，所有人窺視自己手上的免洗筷。於是——

「！是……是我！」

慢了半拍後，十香瞪大雙眼，迅速地舉起手。她的臉頰通紅，聲音高亢雀躍。

「什麼……這代表本……本宮沒有當國王的器量嗎！」

「反對。無法接受。」

八舞姊妹不滿地說道。士道苦笑著安撫兩人。

「沒有啦，這只是運氣好不好的問題，馬上又會到下一輪了。」

「哼，也罷。反正最後歡笑的一定是吾等真王八舞。」

「肯定。王者之劍會選擇適合的人。」

八舞姊妹說完後，輕輕點了點頭，才終於停止了抱怨。總覺得……她們好像誤會了什麼，哎，算了。

總之，第一輪的國王決定是十香。琴里像是在催促十香下命令般望向她。

「好了，那妳就是國王了，十香，隨便妳要下什麼命令吧。」

「嗯……嗯！」

十香大大地點了點頭。接著，琴里看向其他人。

「——大家要服從她。聽好了，國王的命令是絕對的喔。」

然後再次叮嚀。大家嚥了一口口水點頭——望向擁有絕對命令權的國王十香。

十香做出思考的動作一會兒後，好像有些難以啟齒的樣子，開始忸忸怩怩了起來。

「琴里……我再確認一次，什麼命令都可以對吧？」

「咦？嗯……是啊。」

「真……真的嗎？被我命令的人，絕對要照做對吧？」

十香不知為何紅著臉，再三確認。

士道不由得皺起眉頭。竟然那麼難以啟齒，十香到底打算下什麼命令呢？

剛才消除的不安，突然又湧上了心頭。雖然琴里說不用擔心，但仔細思考過後，給十香出主意的是那三個長舌婦。十香很有可能在不知道意思的情況下，說出驚人的話語。

當士道正想委婉地提醒十香的瞬間，十香像是下定決心似的大喊：

「士……士道！對我做『啊～嗯』！」

「咦……？」

聽見從十香嘴裡發出的意外話語，士道瞪大了眼睛。

「呃，妳是指……餵妳吃東西嗎？」

「唔……嗯。亞衣、麻衣、美衣說如果當上國王，甚至可以隨心所欲做這種事。不准你拒絕喔。這是國王的命令！」

十香說完後，露出認真至極的表情，點了點頭。

士道感覺自己的肩膀放鬆了力氣。看樣子，是他自己想太多了。

「什……什麼嘛，如果是這種小事的話——」

不過，話說到一半，士道「啊！」的一聲止住了話語。十香現在是國王。她的命令當然是絕對的……不過，她說的話有一個漏洞。

「十香，國王必須指定數字來決定命令的對象喔。」

「什……什麼？是這樣嗎？」

十香感到意外地睜大眼睛，依序看向坐在椅子上的六位成員。然後看似困惑地將眉毛彎成八字形。

「那麼，有可能不是士道做這個命令囉？」

「是啊，規則就是這樣……」

「唔……唔咕……」

十香發出微弱的聲音，無力地垂下肩膀。

這個時候，士道感覺到有人戳了戳他的側腹部。往那個方向看去，發現坐在隔壁的琴里露出嚴肅的表情。

簡單來說，是想表達「幹嘛害十香沮喪啊，你這隻推糞蟲」吧。大概能理解含義的自己，總覺得有些可悲。

琴里「咳咳」一聲清了清喉嚨後，對十香說：

「很遺憾，十香。規則就是規則。指定一個數字吧。」
「唔……嗯……好吧。」
十香抬起完全失去霸氣的臉——好像突然注意到什麼事情一樣，抽動了一下眉毛。
循著她的視線看去，士道輕輕發出「啊」的一聲。
因為琴里朝十香豎起三根手指頭，並且用下巴指了指士道。
沒錯。那是士道抽到的籤號。看來是剛才戳士道的側腹部時，偷看到的吧。
「……琴里，妳這傢伙。」
士道臉頰流著汗水，瞇起眼睛小聲說道後，琴里便用大致相同的音量回答他：
「有什麼辦法啊。這遊戲是為了實現十香的願望才玩的，怎麼能不幫她達成啊。」
「唔，妳這樣說或許沒錯啦……」
「……哼，其實我自己也想要士道——」
「咦？」
士道顫抖了一下眉毛後，琴里便甩過頭去。
與此同時，十香似乎發現琴里的意圖，發出「喔喔……！」一聲，將眼睛睜得圓滾滾的。
「3號！3號餵我吃東西！」
十香高聲宣言。

這明顯違反規則……不過，這次就破例吧。士道無奈地苦笑後，舉起寫著「3」的免洗筷。

「遵命。」

士道說完，誇張地向十香行了一個禮後，十香便露出開朗的神情。

「呃……那我餵妳吃這個可以嗎？」

士道指著放在大盤子裡的洋芋片後，十香便精神奕奕地點了點頭，回答：「嗯！」

士道拿起一片洋芋片，遞往十香的方向。

「好了，嘴巴張開～」

「唔……嗯。啊～嗯。」

十香回應士道的話，張大嘴巴。士道慢慢地把洋芋片放進十香的嘴巴。

瞬間，周圍發出「喔～」的聲音，接著傳來輕輕的拍手聲和起鬨的口哨聲。

……該怎麼說呢，好像比想像中的還要難為情。士道紅著臉搔了搔頭。

「怎……怎麼樣啊，好吃嗎，十香？」

「嗯……！謝謝你，士道！」

士道為了掩飾害羞故意問道後，十香便笑容滿面地如此回答。

「唔……」

士道突然感到心跳加速，不自然地別開視線。不過，琴里宛如理所當然地看穿了他的這個舉動。這次用手肘頂了頂士道的側腹部。

「你那個反應是怎～～樣～～啊？看似心不甘、情不願的，倒是玩得挺開心的嘛～～」

「妳……妳很煩耶！」

士道如此回答後，琴里便嗤嗤訕笑著回收免洗筷，在手裡搖了搖打亂順序後，再次像剛才一樣，遞到大家的面前。

「好了，來決定下一輪的國王。抽吧。」

所有人點了點頭，伸手抽籤。

「誰～～是國王！」

接著齊聲說道後，琴里便發出「哎呀」一聲，挑了挑眉。

「這次是我抽到了呢。呵呵……要下什麼命令才好呢？」

琴里揚起嘴角，露出殘酷的笑容。看見她那危險的表情，士道滴下汗水。

或許是察覺到士道的模樣，琴里看向他，像是在說「我知道啦」似的聳了聳肩。

「那麼，我想想看。難得來KTV，就請1號跟4號合唱一首歌吧。」

琴里玩弄著寫著「王」字的免洗筷說道後，耶俱矢和夕弦便同時站了起來。

「呵呵，本宮是1號。」

「呼應。夕弦是4號。」

然後互相對視後，迅速地牽起對方的手，做出莫名帥氣的姿勢。

「呵呵，指定吾等兩人，汝很有膽量嘛。汝說合唱嗎？意思是要享受吾等優美的聲音吧。」

「理解。比賽歌唱實力，已經在第三十六回合的決鬥經歷過了。就讓夕弦和耶俱矢的組合，深深烙印在你們的腦海裡吧。」

耶俱矢和夕弦如此說道後，便將放在桌上的麥克風往上扔，像雜耍一樣用精湛的手法接住，沒點歌曲就唱了起來。

「————！」

明明沒有音樂伴奏，卻很準確地唱出歌曲。雙方各自的歌唱實力自然不用說，完美得令人以為是不是事先練習過的合聲響徹整個房間。

數分鐘後，耶俱矢和夕弦的舞台落幕。所有人一齊為她們鼓掌。

「什麼啊，挺會唱的嘛。」

「呵呵，那是當然的吧。吾等是完美無缺的八舞Sisters！」

「同意。夕弦兩人做不到的事情，只有一點點而已。」

說完，兩人再次擺出十分帥氣的姿勢。

「好了，快點選出下一輪國王吧。如今王座尚未來到吾等的身邊，著實令人無法理解。」

「肯定。下一次絕對是夕弦兩人成為國王的時代。」

耶俱矢和夕弦以左右對稱的動作坐在椅子上，用指尖彈了一下放在桌上的免洗筷。於是免洗筷在空中旋轉了好幾圈後，完美地落在琴里的手裡。現場再次掀起一陣掌聲。

琴里將其他人的免洗筷收回來後，再次做出相同的舉動，將免洗筷伸向前方。

「誰～是國王！」

大家一起說完，抽了籤之後——

「呃……呃……是我……」

靜靜坐在角落位子的四糸乃輕聲說道。八舞姊妹一臉懊悔地發出呻吟聲。

「恭喜妳，四糸乃。那麼，下命令吧。」

「呃……呃，要我命令別人……」

「嗯，那就2號要讓國王坐到他的大腿上，撫摸國王的頭～」

四糸乃搖著頭的中途，她左手的「四糸奈」如此說道。

「四……四糸奈，妳怎麼……」

「……嗯，是我啊。」

四糸乃話說到一半時，令音舉起寫著「2」的籤，微微點點頭後，拍了拍自己的大腿。

「哎呀～沒猜中士道啊。呵呵呵，不過，四糸乃～妳不是經常看著令音說：『要怎麼做，胸部才能變得那麼大……』嗎？難得有這個機會，就去實際調查看看吧～」

「噫……！」

四糸乃頓住了呼吸，摀住「四糸奈」的嘴巴。不過，令音本人毫不介意，只是歪著頭，像在表達「……不過來坐嗎？」的樣子。

「唔……」

不久，可能是忍受不了壓力，四糸乃以微小的聲音呢喃「那……那麼……就麻煩妳了」，脫下帽子以免防礙到，輕輕坐到令音的大腿上。

「嗚喔……！」

看見這幅景象，士道不由得輕輕發出叫聲。琴里和八舞姊妹也一樣。

這也難怪吧。因為令音豐滿的上圍被四糸乃的背壓得變了形。

「呼……呼啊……！」

四糸乃應該是直接感受到那個觸感，發出沉醉的聲音後，滿臉通紅地低下頭。

「……接下來要摸摸頭吧。」

然而，令音卻彷彿沒注意到大家的視線和四糸乃的聲音，突然將視線往下移，接著撫摸四糸乃的頭。每撫摸一次，令音的胸部就像有彈力的靠墊一樣，被擠壓又彈回來。

——過了幾分鐘後，四糸乃終於從令音的大腿上解放。

「……！……」

四糸乃依舊表現出陶醉的神情站起來後，無力地癱坐回自己的座位上。

「……喔……喔喔！」

所有人吞嚥了一口口水。

於是令音納悶地歪著頭問：

「……？不進行下一輪嗎？」

聽見這句話，所有人赫然回過神。琴里慌慌張張地收回大家的免洗筷。

士道「呼～～」地吐了一口氣。雖然剛才的命令有些刺激，但大致上遊戲還算進行得很平穩。大家玩得很開心，命令的內容也很溫和。看樣子，是他杞人憂天了。

琴里再次伸出手將籤拿到中央。

「誰～～是國王！」

當大家說完，正要抽籤的時候——

房間的門「啪噹」一聲突然打了開來。

「怎麼回事？我們沒有點東……」

話說到一半，士道止住了話語。

他本來以為是店員走錯房間，然而——並非如此。

站在門口的是士道的同班同學，同時也是十香的天敵，鳶一折紙小姐。

「唔！」

「折……折紙？妳怎麼會在這種地方……」

士道詢問後，折紙便望向士道，清清楚楚地說了一句話：

「──我也要玩。」

「什……什麼？」

聽見出乎意料的要求，士道發出錯愕的聲音。

「那……那個啊，折紙。妳知道我們正在幹嘛嗎──」

「玩國王遊戲。」

「……那……那麼妳究竟為什麼會來這裡……」

「碰巧經過。」

「……呃……」

「其實我是個狂熱的國王遊戲迷。是國內僅有十名S級排行榜上的其中一名。在那個道上提到〈刁難王鳶鳶〉，可說是無人不知無人不曉。」

「……」

折紙滔滔不絕地說道，令士道傻眼地說不出話，結果十香「砰！」的一聲用力拍打桌子，然後站了起來。

「誰理妳啊！我才不允許妳這傢伙中途參加！」

「小氣鬼。」

「妳……妳說什麼！」

十香和折紙互相瞪視時，坐在椅子上的八舞姊妹出聲說道：

「呵呵，無所謂。接受愚蠢的挑戰者，也是國王的度量。」

「同意。如果是折紙大師要玩，夕弦沒有意見。請務必讓夕弦見識見識S級排行榜名人的實力吧。」

「唔……唔……」

由於意想不到的援軍登場，令十香皺起了眉頭。

不過，她馬上像是察覺到什麼事情一樣，瞪大了雙眼。

「對……對了，免洗筷不夠啦！這樣的話——」

「免洗筷的話，我有準備。」

折紙打斷十香的聲音，從口袋拿出寫好數字的免洗筷。數量是八支。她準備了所有人的免洗筷，包含自己在內。

「未……未免太周到了吧……」

士道的額頭冒出汗水。

即使如此，十香還是無法接受的樣子，搖了搖頭。

「我說不行就不行！我不允許鳶一折紙參加！」

結果折紙一副滿不在乎的模樣，從鼻間哼了一聲。

「妳害怕輸嗎？」

「什麼——妳這傢伙是故意激我的吧……！」

面對折紙明顯的挑釁，十香大發雷霆。話說，國王遊戲是否有明確的勝負，這一點還有待商榷，但對十香來說，這似乎是重大的侮辱。她氣呼呼地對折紙投以更加銳利的視線。

不過，折紙當然還是一副完全不放在心上的樣子。她擅自找了個空位坐下後，逕自將手上的免洗筷遞向前。

「抽吧。」

「啊！妳……妳這傢伙，竟然擅自……！」

雖然十香出聲抗議，但這個時候八舞姊妹已經抽了籤。接著，折紙一語不發地將免洗筷拿到琴里面前。

「……」

「……」

兩人默默無語地視線相交。

這也難怪。因為折紙以為曾經懷疑琴里是殺害自己雙親的仇人，而想致她於死地。雖然結果是誤會一場……但兩人之間會有複雜的感情盤踞在心頭，也是理所當然的事吧。

琴里沉默了一陣子後，便像敗給她似的嘆了一口氣，抽了一支免洗筷。

「是、是，這樣總行了吧……只能玩一下下喔。」

琴里如此說完，原本不知所措的四糸乃和坐在角落位子旁觀的令音也抽了籤。士道也無奈地抓了抓頭，朝免洗筷伸出手。

折紙心滿意足地點了點頭後，手上留下兩支免洗筷，高聲吶喊：

「誰～～是國──」

「等……等一下！我還沒抽耶！」

十香慌慌張張地抽籤。結果，所有人都敗給了折紙的氣勢。

折紙冷哼了一聲。其他人看著兩人一來一往的針鋒相對，齊聲說：

「誰～～是國王！」

「──是我。」

折紙立刻舉起手。她的手上確實拿著寫有宛如印刷般工整的「王」字免洗筷。

然後──

「抽到6號的人站起來，自己掀起裙子露出內褲，維持一分鐘。」

用淡淡的語氣，不假思索地說出這項「命令」。

「什麼……！」

聽見折紙的發言，所有人都僵住了表情。

並沒有人規定，但這些成員心裡都有一個不成文的想法。簡單來說……就是不要讓對方感到不愉快。

不過，這項紳士協定因為凶暴至極的外來物種，脆弱地瓦解了。

他想得太天真了。士道懊悔自己思慮得不夠深遠。他心想琴里都保證了，應該就沒問題，而把事情交給別人判斷是不好的行為，最大的失策則是認為折紙都特地過來這裡了，冷淡地把人趕回去未免也太可憐的這個想法。

讓折紙參加國王遊戲，何止是如虎添翼，根本是讓她拿到無後座力核子彈嘛——！

「別……別鬧了！誰做得出那種事啊！」

滿臉通紅大叫出聲的是十香。看來，是她抽到了6號。

於是，折紙意外悠然自得地點了點頭。

「是嗎？那妳不做也沒關係。」

「什……什麼……？」

十香疑惑地皺起眉頭。其他人也因為折紙不符個性的言行，而露出驚訝的表情。

不過，折紙靜靜地繼續說道：

「——但是拒絕國王命令的妳犯下了『大逆之罪』，必須被排除在遊戲之外。」

「排除……是說我不能玩嗎！」

「沒錯。就這樣不停淘汰，留到最後的人就是真正的國王。而真正的國王可以從參加遊戲的人當中選擇一位，一整天之內可以對他為所欲為。這就是國王遊戲特別規則『王中之王』。」

「……！」

聽見這句話，所有人的臉色再次改變。士道、十香、琴里、四糸乃表情驚愕，令音依舊維持平淡的神色，而八舞姊妹則有些興奮。

「妳說……一整天可以對某個人為所欲為？妳這傢伙有什麼企圖！」

「……」

十香顫抖地說完，折紙便默默無語地瞥了一眼士道——面無表情地舔了一下嘴脣。不知為何，士道本能性地感到恐懼，背脊一陣發涼。

「噫……！」

「妳……妳這混帳！為什麼看著士道！」

「干妳什麼事。」

折紙根本不想理會十香。她將寫著「王」字的免洗筷指向十香，輕輕說了：

「那麼，夜刀神十香犯下『大逆之罪』，從遊戲中排除——」

「等……等一下！」

十香大聲吶喊打斷折紙的話，當場站起身來。

然後瞥了一眼士道後，發出「嗚……嗚嗚嗚嗚……」的呻吟，緊緊閉上眼睛，伸手抓住自己的裙子。

「喂……喂，十香，別衝動！」

「沒關係……我不會把你交給鳶一折紙……！」

十香說完緊咬牙根，親手掀起裙子。

「……！」

士道不由自主地倒抽了一口氣。

疑似令音選購，款式簡單但設計高雅的女用內褲，瞬間從裙底露了出來。

士道慌張地顫抖了一下肩膀後，閉上眼睛別開臉。

當然，士道是男生。說對這種禁忌的空間沒興趣是騙人的……但一看見十香難為情的表情，就會受到強烈的罪惡感苛責。

但十香還是執行了命令。既然沒有明言說出士道不能移開視線，應該就不算是犯下「大逆之罪」吧。

折紙看似有些感到無趣，「嘖！」的一聲咂了嘴後，開始讀秒。

「一、二——三————」

「妳這傢伙，故意數得很慢吧！」

之後，折紙莫名緩慢的讀秒到達六十，十香順利完成國王的命令。

——不過，這不過是開頭。

「誰～～是國王？」

「我。」

「咦！」

所有人的視線投射在毫不猶豫舉起手的折紙身上。

惡夢再度降臨。折紙似乎再次抽到了國王。

折紙沐浴在大家充滿戰慄的視線下，從口袋拿出了便條紙，用筆流暢地在上面寫字後，下達命令。

「7號，用麥克風大聲唸出這上面的字。」

折紙說完的瞬間，四糸乃顫抖了一下肩膀，露出不安的表情。抽到7號的人似乎是她。

折紙瞥了一眼四糸乃後，將便條紙和開啟開關的麥克風放到四糸乃的面前。

於是，四糸乃戰戰兢兢地探頭看向便條紙——

「噫……」

臉頰紅得像番茄，頓住了呼吸。上面到底寫了些什麼呢？

「嗚哈～這女人真敢寫耶。對四糸乃來說有點太刺激了吧？沒辦法，就讓四糸奈來……」

「當然，只能由抽到籤的人來唸。要是違反規則，馬上喪失資格。」

「啊啊嗯，真壞心～」

「四糸奈」想幫忙卻被折紙嚴厲地妨礙。四糸乃失去了唯一的依靠，慌張地張望四周。

「那……那個……我……我……」

「做不到的話沒關係。不過妳就犯下了『大逆之罪』。」

折紙冷淡地明白說道。

四糸乃為難地將眉毛皺成八字形，不過……她馬上又搖搖頭，像是下定決心般抿起嘴唇。

「我……我做……」

說完，四糸乃用右手拿起麥克風，將視線落在放在桌上的便條紙。

然後，深深地呼吸一口氣，好讓劇烈的心跳緩和下來。

「我……我雖然一副……乖乖牌的樣子……但其……其實我是個……非常……邪……邪惡的

女生……只要看到……男人……就會全身發燙……那個……呃……慾火……焚身……」

「什……什麼……！」

士道瞪大了雙眼。不過，四糸乃滿臉通紅地接著說：

「現在也……想要得……不得了。士……士道又……又粗……又硬的……那個……」

說到這裡，四糸乃的頭上冒出熱氣，感到暈眩似的當場癱倒。

「呼……呼咻……」

「四……四糸乃！」

「……不要緊的。這些話對她來說，似乎有些太刺激了。」

令音說完，支撐著四糸乃的身體，讓她坐在椅子上。士道鬆了一口氣之後，望向折紙。

「我……我說妳啊……讓四糸乃說那什麼話啊！」

「勝負的世界是無情的。不管怎樣，她都沒有把文章唸完。因此犯下『大逆之罪』，從遊戲中淘汰。」

「喂……喂、喂……」

士道搔著臉頰說道……但他也無法要求四糸乃繼續唸完那段文字。

當士道「唔唔」地低聲呻吟時，折紙在便條紙上寫下大大的「大逆之罪」四個字，用力貼在四糸乃的額頭上。

「誰～～是國王！」

「我。」

「怎麼又是妳啊！」

士道不由自主地對不待片刻、馬上舉起手的折紙大聲吶喊。在這麼多人之中，連續三次抽到國王，運氣未免也好過頭了吧。

不過，折紙一副完全不在意周圍疑惑視線的模樣，冷靜地下命令：

「接下來，我要一次收拾掉1號跟2號。」

「哦？汝說要收拾本宮嗎？」

「回應。妳說得倒簡單。」

說完露出狂妄笑容的，是八舞耶俱矢和八舞夕弦姊妹。

……士道心想，在下達命令之前就主動報上姓名，不是非常不利嗎？但八舞姊妹似乎不怎麼在意的樣子。大概是因為堂堂正正接受挑戰，也是國王的肚量吧。

「呵呵……本宮先聲明，汝可不要把吾等看成跟十香和四糸乃是同一個等級的喔。露內褲和說行話，對吾等而言簡直如同兒戲！」

「首肯。拚命掩飾其實覺得很羞恥的心情，露出內褲、說色色的話，這樣的耶俱矢對夕弦反而是獎勵。」

「喂，妳說什麼啊，夕弦……！」

耶俱矢一臉慌張地制止夕弦。總覺得……在接受命令之前，就已經氣勢全失。

話雖如此，同時指名兩人的折紙或許下錯棋了也說不定。就算對她們下達十香和四糸乃做過的命令，但一個人當眾丟臉，跟有人陪伴一起做同樣事情的心情截然不同吧。而且對象還是八舞姊妹，可說是心心相印的雙胞胎。

不過，折紙表現出的態度仍然沒有一絲猶豫，她開啟雙脣：

「——1號和2號，要在五分鐘內互相搓揉對方的胸部，並且老實說出感想。要是超過十秒沒說話，就算失去資格。」

「什麼……？」

「不解。我不太明白折紙大師的想法。」

聽見折紙的命令，耶俱矢和夕弦歪了歪頭。

「汝要本宮搓揉夕弦的胸部？呵呵，汝這麼精明，直覺也變遲鈍了嗎？汝以為這種程度，本宮八舞耶俱矢會感到羞恥嗎？」

「贊同。夕弦和耶俱矢心心相印。那種事情，跟觸摸自己的身體沒兩樣。」

原本就坐在彼此隔壁的耶俱矢和夕弦，改變身體的方向面對彼此。

「呵呵，本宮要開始囉，夕弦。」

「首肯。麻煩誰來讀秒一下。」

說完，耶俱矢和夕弦兩人伸出手，用掌心觸摸對方的乳房。耶俱矢的手陷入夕弦的胸部，而夕弦的手則撫上耶俱矢的胸部。然後蠕動手指，撫弄彼此的胸部。

「呵呵呵，這樣就行了吧？還不簡單。」

「同意。憑這種程度的事情就想讓夕弦兩人屈服，實在是笑掉夕弦的大牙。」

兩人老神在在地說道。看來折紙這次期望落空了。

「嗯？話說回來，夕弦啊，汝的胸部又更加豐滿了吶。哼，汝雖然是本宮的另一半，但本宮還真是羨慕不已呢。」

「否定。才沒有。而且，夕弦說過好幾次了，肯定是耶俱矢的胸形比較漂亮。」

「呵呵，好了、好了。不用說那種客套話——嗯！」

「否定。夕弦才沒有說客套——啊……！」

「……」

「……」

不知為何，在讀秒讀到大約超過一分鐘時，對話突然中斷了一會兒。

「……夕……夕弦……？妳會不會……揉得太用力了？」

「反駁。耶俱矢……才是。」

「嗯……啊，呃……那是……喂——」

「痛苦。唔……嗯！啊……」

「……」

「……」

「吶……吶，夕弦……」

「回應。什麼……事，耶俱矢？」

「不能……直接摸嗎……？」

「……思考。大家……在看。」

「可是……」

「……動搖。耶俱矢……嗯！不要擺出……那種表情。太奸詐了。」

「夕弦……」

「耶俱矢……」

「喂！等一下！妳們兩人冷靜點！」

士道慌慌張張地大聲吶喊後，兩人才赫然抖了一下肩膀。

接著互相凝視對方，然後不自然地游移著視線，將手抽離彼此的身體。不過，時間才剛過四分鐘。

「耶俱矢、夕弦……？」

「……本……本宮……棄權。」

「贊同。再繼續揉下去的話，感覺會……嗯。」

說完，八舞姊妹將面對彼此的身體轉回前方。

之後有一段時間，兩人忸忸怩怩地動著手指，不肯直視對方。

「誰～是國王！」

「我。」

「不是吧，妳到底抽中幾次啦！」

國王又是折紙。士道忍不住吐槽。

就算運氣再怎麼好，未免也太過不自然了。士道仔細端詳抽到的免洗筷。

不過，乍看之下，並沒有找到能辨別免洗筷的記號。士道發出低吟，皺起眉頭。

在他東忙西忙的期間，暴君折紙說出下一個命令。

「——3號當場脫掉胸罩。其他人絕對不能閉上眼睛或是把臉別開。」

「……！」

聽見折紙的發言，並排而坐的所有人都倒抽了一口氣。

雖然以前下的命令也差不到哪裡去，但終於踏進脫衣的階段了嗎？

要是放著她不管，接下來的命令不知道會猛烈到何種地步。士道戰戰兢兢地大聲說道：

「喂……喂，折紙……」

「什麼事？」

「這種命令果然還是……太那個了，對吧？」

就算以委婉的語氣規勸，折紙依舊靜靜地搖了搖頭。

「煽動羞恥心在『王中之王』是基本中的基本。已經算是沒有觸犯到法律的溫和類別。要是連這點程度都無法達成，根本無法成為真正的國王。」

「可是，就算妳這麼說……」

「抽到3號的人，快點報上名來。要不然就算犯下『大逆之罪』——」

就在這個時候，折紙突然停止說話。

理由非常單純。因為令音從脖子一帶把手伸進衣服裡，流暢地掏出黑色胸罩，隨後輕輕扔到桌上。

看樣子，3號似乎是令音。

「……這樣就行了吧？」

「……」

令音以一如往常的語調說道後，折紙便默默無語地望向令音。

不知為何，士道感覺到兩人之間有一種冷靜對抗的火花在四處噴濺的壓力。

仔細想想，令音從以前就是這樣。

從剛才讓四糸乃坐她大腿一事就能得知，她羞恥心的基準似乎跟常人有落差。事實上，士道曾經不小心把臉埋進她的胸部裡，當時她也表現得十分沉著；也曾像剛才的命令一樣，在士道面前靈巧地從衣服裡解開內衣。即使是身經百戰的〈刁難王鳶鳶〉，似乎也無法輕易地令她表現出慌亂的模樣。

「……這樣就結束了嗎？」

「正合我意。」

令音說完後，折紙簡潔地回答，開始收回免洗筷。

「誰～～是國王！」

「我。」

「……喂。」

再怎麼樣也不可能連續抽到五次國王。士道瞇起眼睛瞪視折紙。

不過，在士道表達疑惑之前，折紙刻不容緩地下達命令。

「4號，身上穿著的內褲——」

「哼……」

琴里用鼻子哼了一聲。

這次似乎是琴里被點到名了……不過，她一副不怎麼害怕的模樣，換邊蹺腳。

「又是內褲啊。是、是，沒什麼關係啦。在場的都是同性，唯一的男生又是士道嘛。」

琴里說完，聳了聳肩。

為了不向折紙示弱，琴里或許有些逞強，不過士道確實看過好幾次琴里的內褲。雖然並非完全不覺得羞恥，但這道命令還不至於令她犯下「大逆之罪」。

然而——

「——要被2號脫掉。」

「什麼！」

聽見折紙接下來說的話，琴里和士道的聲音完美地重疊了。

沒錯。事實上，2號就是士道。

或許是從士道的反應猜到2號是誰，琴里的態度跟剛才截然不同，十分慌張地指著士道。

「這……這這這是怎樣啊！你想對妹妹做什麼啊，這個大變態！」

「就……就算對我這麼說，我也沒辦法吧！」

士道大叫出聲後，琴里「唔……」地發出呻吟，對折紙投以憤恨不平的視線。

不過，折紙果然還是一副滿不在乎的樣子。

「做不到也沒關係。」

「唔……」

琴里更加懊悔地呻吟。

「快……快點脫吧……」

「啥……？喂……喂，琴里。」

「少囉嗦，我叫你脫！哼……哼，你在意什麼啊。這點小事又沒什麼了不起的。」

坐在士道旁邊的琴里吐出明顯是在逞強的話語，原地站了起來。

然後抓住士道的雙手，慢慢拉向自己的裙子裡。

「等……等一下啦！」

「吵死了！你這個南瓜，少給我有什麼奇怪的想像！」

琴里毫不留情地怒罵士道。看來她把士道想像成了南瓜。士道覺得……琴里比他更在意吧。

「啊啊！真是的……」

士道下定決心，把手伸進琴里的裙子裡。說沒有罪惡感是騙人的，但既然琴里都這麼說了，士道也不能讓琴里失去資格。

而且照琴里說的，或許不要考慮太多比較好。以前兩人經常一起洗澡，想太多反而——

士道一邊摒除雜念，在裙子裡到處摸索，這個時候，他的手指傳來柔軟的觸感。

「咦——」

「你……你在摸哪裡啊！」

琴里一邊大喊，用力抬起膝蓋。雙手被抓住的士道無法逃跑，下巴狠狠吃上一擊。

「噗呀！」

「是這裡啦，這裡！」

琴里將士道的手拉往腰部，觸碰內褲鬆緊帶的部分。士道連搓揉疼痛的下巴都做不到，眼眶微微泛著淚水，抬頭仰望琴里的臉。

「……真的可以脫嗎？」

「就……就說可以了嘛！快點脫吧！」

琴里沒有回望士道，而是看著完全不同的方向說道。她的臉頰染得一片通紅，櫻桃小嘴微微地顫抖。
「……我……我知道了。」
士道嚥下一口口水後，慢慢地將手往下拉。
內褲輕微的摩擦聲震動著士道的鼓膜，鬆緊帶的阻力和布料的摩擦漸漸滑過琴里光滑的肌膚。總覺得自己在做一件非常邪惡的事情，士道的心跳愈跳愈快。
話雖如此，這樣下去，琴里就能順利完成命令。士道深呼吸，試圖緩和心跳的速度。
不過，當白色的布料從琴里的裙子露出來的時候——
「——果……果然還是做不到……！」
滿臉通紅的琴里發出帶有哀號的吶喊聲，將士道的手一把往上拉。「啪」的一聲響起鬆緊帶的聲音，內褲回到了原位。
之後，琴里「呼！呼！」吐著急促的呼吸——片刻之後，像是察覺到某件事一樣，顫抖了一下肩膀，抬起頭。
折紙將手抵在嘴邊，表情淡然地坐在她眼前。
「國王的命令是絕對的。」
然後，以淡淡的語氣如此說道後，用力指向琴里。
「妳犯下了『大逆之罪』，從這個遊戲裡淘汰。」

「唔……唔唔唔……」

琴里一臉不甘地咬牙切齒，打算再次抓起士道的手，不過……

「唔……唔唔……」

或許是想起剛才羞恥無比的心情，不久，她放鬆手的力量，坐回原本的椅子上。

「這樣子——就收拾掉四個人了。」

折紙面無表情地豎起四根手指。

「誰～～是國王！」

「我——」

「等一下！」

下一輪遊戲開始，折紙又想舉起手的時候，琴里大叫出聲，制止了她的動作。

「琴里……？」

「……我們被耍了，你們看。」

琴里和因犯下「大逆之罪」而被淘汰的成員們一起舉起籤外的免洗筷，然後折成兩半。

結果，不知道到底是怎麼裝進去的，裡面露出細細長長像是電子零件的東西。

「這……這是……」

「……應該是電子追蹤器之類的東西吧。我就覺得奇怪，原來妳是用這個來辨別籤啊。很大膽嘛。」

「什麼……！」

聽見琴里說的話，十香露出嚴肅的表情凝視自己抽的籤，然後折成兩半。結果跟琴里的一樣，裡面露出細長的電子零件。

「裡……裡面確實……有裝東西。可惡，鳶一折紙，妳這傢伙，竟敢耍詐！」

「我不知道妳們在說什麼。」

不過，折紙只是面不改色地搖著頭。

「妳這混帳，還不認錯……！妳才要失去資格！給我滾出去！」

十香握緊拳頭，大聲吼叫。

不過，此時有人迅速地伸出手制止十香。是琴里。

「不要動怒。做那種事也沒意義吧。」

「什……什麼？」

十香皺起眉頭。琴里環抱雙臂，抬了抬下巴，對折紙投以帶有憤怒的視線。

「妳所做的行為確實嚴重違反了規則。應該要馬上失去資格吧。妳要裝傻是妳家的事，但在場的人會怎麼想？」

琴里依序望了所有人之後，繼續說道：

「——不過，我現在不追究妳的責任。但要重新做籤，讓失去資格的人復活，還有——從下一輪遊戲開始，所有人要公開自己抽到的號碼。」

「什麼……」

聽見琴里的提議，士道皺起了眉頭。

公開抽到的號碼……也就是說，國王能選擇命令的對象。

如果使用沒有動過手腳的籤，單純計算折紙抽到國王的機率，是八分之一。

琴里打算以壓倒性的兵力差異刁難折紙，逼她犯下「大逆之罪」吧。

雖說是因果報應，但這條件對折紙來說未免太過不利。

然而——

「……無所謂。」

折紙意外乾脆地答應了。明知道自己處於壓倒性不利的狀態，仍然無法放棄真正國王的寶座嗎——還是，即使被逼入這種窘境，依然深信自己會勝利嗎？至少她的臉上完全看不到慌張、痛苦的表情。

「妳在說什麼啊，琴里！竟然讓這種傢伙留下來——」

「十香。妳甘心就這麼敗給她嗎？」

「……！」

聽見琴里說的話，十香顫抖了一下肩膀。不——不只十香。曾被折紙下達不合理命令的所有人，都同時做出同樣的舉動。

「至少我無法忍受。我非得讓她也嚐嚐我受到的恥辱才甘心……！」

琴里露出猙獰的表情繼續說道：

「當然，使用公平的籤，鳶一折紙也有可能會抽到國王。但只要我們其中一人抽到國王，就能鎖定她，逼她做任何命令。這是基於她耍詐才能成立的犯規條件，是十分有利的狀況喲。」

「喂……喂，琴里……」

士道臉頰滴下汗水，並且呼喚琴里的名字。

不過，燃起復仇之火的琴里和其他人似乎沒有聽見他的聲音。大家聽完琴里說的話之後發出低吟聲，像是在思考一樣瞇起眼睛。

「……原來如此啊。」

「呵呵，的確，含羞忍辱不符合本宮的個性。吾要她好好付出小看颶風皇女八舞的代價。」

「同意。就算是折紙大師，也不能原諒。」

「呃……呃……那個……」

「……」

十香和八舞姊妹說完狠狠瞪著折紙。雖然有兩人對這個提議不太積極，但光靠她們似乎也無法阻止其他人。

「我們要重新玩過。令音，打電話給櫃台，跟他們要免洗筷。耶俱矢和夕弦準備簽字筆。十香、四糸乃和士道監視鳶一折紙，避免她在籤上做記號！」

「了解！」

「喂——」

不理會士道的不安，決定繼續玩國王遊戲「王中之王」。

為求公平，免洗筷交由士道管理。士道喊出口號時，大家再一起伸手抽籤，似乎是採取這種形式。

士道心想，就玩遊戲來說，這麼做到底正不正確？但大家都表示認同，他也無從反對。他將手伸到桌子中央，並且發出輕微的呻吟聲。

「唔……」

……總覺得大家的視線好可怕。燃起復仇之火的四人、懷抱野心的白色惡魔，以及旁觀者一名加心靈綠洲一名。硬要加的話，頂多就是看好戲、說風涼話的逗趣兔子一隻吧。

她們的視線都集中在士道的手上。士道甚至有種手腕到指尖像是插進加熱變得黏乎乎的柏油中的感覺。

「誰……誰是……國王……！」

士道一喊出口號，大家就一齊抽取免洗筷。令音和四糸乃慢了一步才抽。

「好耶！」

大叫出聲的人是十香。她當場站起來，將寫有「王」字的免洗筷像劍一樣在折紙面前亮出。

「接下來國王是我！覺悟吧，鳶一折紙……！我要妳後悔妳幹下的好事！」

十香持續那個姿勢，得意洋洋地繼續說道：

「首先，我要把妳對我下的命令，原封不動地還給妳。在大家面前露出內褲一分鐘！妳的號碼是——」

十香在這時停止說話。於是，大家停頓了一拍，才一齊公開手中的籤號。

折紙的免洗筷前端所寫的號碼是——

「5號！」

十香高聲吶喊。

因為數字被公開，所以絕對不會指定錯人。折紙將寫著「5」的籤放到桌上後，迅速地原地站起。

「呵……呵呵呵！怎麼樣啊，鳶一折紙！在大家面前掀裙子，光想就覺得害羞了吧！更何況露內褲一分鐘……！好了，妳要怎麼選擇！如果覺得害羞，不做也——」

像是發洩累積的怒氣般大聲吶喊的十香，此時止住了話語。

「……」

因為折紙毫不猶豫地抓住裙襬，一口氣掀了起來。

不知為何，還是朝著士道。

「噫……！」

由於她的動作太過自然，士道一時反應不過來。他慌慌張張地閉上眼睛後，跟十香那時一樣別開臉。

「什麼……妳……妳這傢伙！做出這種事不覺得害羞嗎！」

「命令我的人是妳吧。」

「是……是沒錯啦……」

應是下達命令那方的十香，不知為何一臉慌張地發出聲音說道。

「士道，把眼睛張開。雖然我害羞得要命，但既然是國王的命令，我也沒辦法。」

「等……等一下，妳這傢伙！我可不記得我有下過這樣的命令喔！」

「看吧，士道。好好看，靠近一點看。」

「喂……喂！不准靠近士道！」

好像發出「喀噠喀噠」的碰撞聲，但是士道在數完一分鐘之前都害怕得不敢張開眼睛。

——從那之後，大家的復仇開始了。

「啊……我……我是國王……」

「嗯呵呵，那麼開始報仇四糸乃的雪恨吧。抽到2號的人，大聲唸出四糸奈擠出所有的詞彙寫出的文章吧！」

「四糸奈」說完，用雙手靈巧地拿起筆，在便條紙上運筆如飛地寫下文章，扔給2號——折紙。

折紙拿起便條紙後，面不改色地開啟雙唇：

「——我是個無可救藥的變態女。每晚想像著士道的×××，一個人×××。可是這種事已經滿足不了我。我再也忍不下去了。求求你，將你雄壯的×××，××我這頭可憐母豬的×××，盡情蹂躪我吧。再來，再激烈一點。啊啊，×××，×××，×××××。」

折紙淡淡地唸完文章。

隨後，所有人羞紅了臉頰，低下頭。

……總覺得後半部分變成像是色情小說的朗讀會一樣。

「呵……呵呵……吾等之時代終於降臨了！」

「首肯。雖然剛才的氣勢被削減了一些，但好戲接下來才要上場。」

「呵……命令當然是這個！」

「回應。4號要被國王和3號用力揉捏胸部五分鐘。」

不用說，4號當然是折紙。國王和3號似乎是耶俱矢和夕弦抽到的籤。

「呵呵……覺悟吧，折紙。吾等會用魔性的指法讓汝快樂似神仙。」

「微笑。就算妳要我們住手，我們也不會住手。」

說完，兩人迅速地繞到折紙的前後，分別從前方和後方用光看就令人臉紅心跳的性感手勢，開始撫弄折紙小巧的乳房。

「呵呵，怎麼樣啊，折紙？」

「……」

「刺激。叫出聲音也可以喔。」

「……」

「忍……忍耐對身體有害喔。」

「……」
「強弱。這裡很有感覺吧？」
「……」
結果，折紙直到最後依然面不改色，甚至沒發出任何一點輕微的呻吟聲。
八舞姊妹一副信心全失的模樣，沮喪了好一會兒。
「……嗯？這次是我抽到國王啊。我想想看……那就4號要脫掉胸……」
「好。」
不等現任國王令音說完命令，折紙就從衣服上方掏出款式簡單的胸罩。
「……妳動作未免也太快了吧。」
「……」
折紙點了點頭後，將剛才脫下的胸罩輕輕扔向士道。
「嗚……嗚哇！」
「開始下一輪遊戲吧。」
看見胸罩突然朝自己飛來，士道發出了驚叫聲後，折紙沉著地如此說道。

「哎呀，這次是我當國王嗎？那麼……我當然是要以牙還牙囉。6號去脫掉1號的內褲！」

聽見琴里的宣言，士道頓住了呼吸。

「喂……1號是折紙……6號不是我嗎！不要牽連到我啦！」

「因為其他人都是女生，這樣就沒那麼害羞了吧。為了讓她受到和我同樣的屈辱，只好命令你來脫了啊。」

「就算妳這麼說……」

當士道表現出驚慌失措的模樣時，他的手被人從旁邊一把抓住。

「士道。國王的命令是絕對的。雖然我害羞得要命，但也沒辦法。來吧。」

「喂……喂，等一下啦，折紙。不要拉我的手啦！」

「這裡。摸吧。用力一點。」

「不，等一下，至少遮住我的眼睛之後再……啊……啊……啊……不……不行啦啊啊啊！」

——之後約過了三十分鐘。

「呼……呼……呼……」

所有人氣喘吁吁地瞪著表情泰然自若的折紙。

儘管折紙後來不停接受大家的圍攻，但她還是若無其事地達成全部的命令。原來如此……看來她Ｓ級排行榜名人的稱號（自稱）果然名不虛傳。

不過，在報完一箭之仇之前，大家似乎都不肯善罷干休。所有人看向士道，像是在說：「開始下一輪！」一樣。

士道露出乾笑，聚集免洗筷。於是大家立刻伸手抽籤。

「誰～～是國王──！」

士道一邊說一邊確認自己的籤，然後──發出「啊」的一聲。

開始玩遊戲後，寫著「王」字的籤第一次來到了士道的手中。

因為大家全都公開自己的數字，當然馬上就知道了這個事實。十香、琴里、八舞姊妹同時看向士道，對他發送「打敗折紙」的意念。

「就……就算妳們用那種眼神看我……」

士道的臉頰流下汗水。

就算承受所有人激烈的砲火集中攻擊，折紙連眉毛都沒有皺一下。到底要下什麼樣的命令，才能讓她感到羞恥……或是讓她犯下「大逆之罪」淘汰呢？士道完全沒有頭緒。乾脆不要想著要怎樣逼迫折紙，下自己想下的命令比較好吧──

於是──

「啊……」

就在士道這麼思考的瞬間，他的腦海裡浮現了一個想法。

士道現在是國王，可以指定想指定的人物，下達必須絕對服從的命令。這種情況，或許不會再有第二次。

——對了。如果是現在，或許可以實現士道一直以來的願望。

士道確認大家手上拿的籤號後，下達命令。

「——我的命令是這樣。在國王說可以之前，2號和6號要好好相處。」

「……！」

聽了士道說的話，兩名少女抖了一下眉毛。

2號和6號——也就是折紙和十香。

「……這是什麼意思？」

「不，妳問我什麼意思……就是字面上的意思啊。2號不能討厭6號、跟6號吵架，要當她的朋友。要是做不到的話——就是犯下『大逆之罪』。」

「……」

折紙沉默了片刻，思考過後當場站起來，坐到十香的旁邊。

「唔，妳……妳幹嘛？」

フトドリンク新
きなこ

十香像是有所警戒一般，對突然靠近的折紙投以困惑的眼神。

不過，折紙親暱地拉起十香的手挨近她，靠著她的肩膀。然後——

「——十香。」

「……！」

聽見折紙的呼喚聲，十香瞬間全身起雞皮疙瘩。

「妳……妳妳……妳在說什麼啊，鳶一折紙……！」

「幹嘛叫得那麼生疏，叫我折紙，或是小折折也沒關係。」

「小……小折……！」

十香發出高八度的聲音，向士道發出求救的眼神。

「士道……」

「呃……怎麼樣，十香也願意跟折紙相親相愛一點嗎？」

「唔……唔……」

國王的命令是絕對的。士道如此說道後，十香露出困惑的神情，將眉毛皺成八字形，但還是畏畏縮縮地面向折紙——用顫抖的雙唇呼喚她的名字。

「折……折紙……」

「妳終於肯叫我的名字了，我好開心。」

「噫……！」

折紙沒有停止攻勢。她半強迫地與十香十指交扣，繼續呢喃溫柔的話語：

「以前真是對不起。其實我一直很想跟妳當朋友，但總是提不起勇氣。請原諒我。」

「唔……唔嗯……？那……那是……無所謂啦……」

十香滿臉通紅，顯得十分慌張。不過，折紙不理會她，更加縮短距離。

「從今以後我要洗心革面。求求妳，十香。請跟我當朋呃噗咳呸！」

話說到一半，折紙吐血了。

不，正確來說，她並沒有真的吐血，但不知為何，看起來就是這樣……恐怕原因來自於極度的壓力吧。

折紙就這樣倒臥在地。

「折……折紙！」

「喔喔！」

琴里和八舞姊妹猛然站起。

「真有你的耶，士道！」

「呵呵……原來如此，汝突破盲點了吶。」

「理解。硬的不行就來軟的吧。」

三人「嗯、嗯」地點了點頭。她們似乎誤以為士道深謀遠慮，想到這招來陷害折紙。

士道想要辯解，但此時設置在房間裡的電話搶先一步響了起來。看樣子，時間正好到了。

「是、是……啊啊，不用了。對。」

琴里接起電話，瞄了一眼趴倒在地的折紙後，沒有延長時間，掛上了話筒。雖然還沒決定真正的國王，但由於已經向折紙報了一箭之仇，她的心情似乎十分暢快。不只琴里，八舞姊妹也露出爽朗的神情。四糸乃也因為遊戲順利結束而鬆了一口氣的樣子。十香困惑地不停轉動著眼珠子，不久似乎總算恢復了冷靜，解開折紙交纏的手指，意外溫柔地將折紙的手放到桌上。

「好了，時間也不早了，差不多該回家。大家收拾收拾吧。」

琴里揮了揮手催促大家收拾東西，並且如此說道。

「好……好。說得也是。」

說完，士道將麥克風放回籃子裡，開始收集垃圾。

就在這個時候——

「啊……對了。」

十香像是突然想起什麼事一樣抬起頭。

「嗯？怎麼了嗎？」

「嗯。話說回來，亞衣、麻衣、美衣還告訴我另一個遊戲。這個遊戲好像更溫和一點。吶，士道，下次要不要玩玩看吃巧克力棒遊戲？」

瞬間——

「……」

士道感覺原本正在收拾的其他人以及趴倒在地的折紙的眼睛，再次閃起如猛禽般的光芒。

天央祭比賽

ContestTENOHSAI

DATE A LIVE ENCORE 2

「……人山人海呢。」

士道臉頰流著汗水，俯看下方。於是，能看見放眼望去數不清的觀眾蜂擁而來。

這也難怪。因為今天是天宮市內的十所高中共同舉辦的巨大文化祭——天央祭的準備日。

因為某起事件而毀掉的第二天天央祭，要在後夜祭（註：文化祭等慶典最後一天晚上舉辦的總結活動）之後舉辦，這項特殊日程，例年來根本難以想像。雖然有一段時間似乎是朝中止的方向來討論，但由於學生和附近居民的強烈要求，得以順利舉辦。

到目前為止都還好。問題在於不知為何，士道現在正站在天宮廣場的中央舞台上。而且士道就座的位子前方，還貼著字體工整、寫著「評審」的紙張。

「……我不是當評審的料啦。」

士道如此嘟噥後，右耳的耳麥便傳來琴里的聲音。

『你現在抱怨也沒用吧。話說，你可不要給錯分數囉。』

「……我知道啦。」

士道語帶嘆息地說道，確認手邊的分數牌。

沒錯。士道如今正背負著一項十分殘酷又愚蠢的任務。

起因源自於數小時前，士道一行人漫步在天央祭會場的天宮廣場的時候。

「好了……那麼接下來要逛哪個攤位？」

「炸肉餅！」

「章魚燒（Devil fish burst）！」

「推薦。炒麵。」

士道說完後，三名少女同時舉起手。她們分別是擁有一頭漆黑髮絲和水晶眼瞳的美少女——十香，以及長相一模一樣，但體型卻天差地遠的雙胞胎——八舞耶俱矢、八舞夕弦兩姊妹。

三人默契十足地都提出食物的攤位。士道露出苦笑後，指向會場的內部。

「那麼，我們從附近的攤位逛起吧。首先是榮部西的炸肉餅吧？」

「嗯！」

十香點了點頭，大幅擺動雙手邁步前進。士道和八舞姊妹跟在她後頭，前進會場。

就在這個時候，會場的擴音器突然播放廣播。

『——各位來賓，非常感謝您今天光臨天央祭。現在為您介紹活動節目。今天下午三點起，將於中央舞台舉辦校花比賽。獲得冠軍者，將贈送高級溫泉旅館兩天一夜的雙人住宿券。』

士道點了點頭說：「啊──」這麼說來，天央祭還剩這項著名的企畫呢。

「士道，什麼是校花？」

十香歪了歪頭。士道豎起一根手指回答：

「唔……簡單來說，就是決定最可愛的女學生的活動吧。」

「哦哦……？」

「回應。那真是有意思呢。」

聽見士道說的話，耶俱矢和夕弦的眼睛閃閃發光。士道在心中呢喃：「完蛋了。」剛才的說明，喜歡比賽的八舞姊妹不可能沒有興趣吧。要是兩人說出要參加的話，又會因為爭奪勝負而引起麻煩事。士道像是要安撫開始蠢蠢欲動的兩人，繼續說道：

「啊，沒有啦，妳們兩個冷靜點。參賽者應該早已經決定好了，突然──」

『──另外，今年特別設置了臨時參加名額。只要是聯合天央祭參加校的女學生，都可以報名。請踴躍參加。』

無情的廣播打斷了士道的話，響徹整個會場。

……已經無法阻止兩人了。耶俱矢和夕弦的眼裡充滿好奇心和鬥志的光輝，要是在這時硬是阻止她們參加，可能會惹她們不高興。

這時只能想辦法請琴里或令音說服她們兩人了。士道為了聯絡她們，朝口袋裡的耳麥伸手。

不過，就在那一瞬間，後方有東西躂躂躂地跑來，圍住士道。

「哇！什……什麼事啊！」

事發突然，士道顫抖了一下肩膀。不過，仔細一看，他發現是三名穿著女僕裝的少女。是士道班上的三個長舌婦，亞衣、麻衣、美衣。

「嘿、嘿！五河同學！」

「身邊圍繞著美女，很享受天央祭嘛！」

「不可原諒！羨慕死人了！」

三人說著這些話，像是企圖盜壘的跑者一樣蹲低姿勢，左右踏步。

「妳……妳們幹嘛突然跑過來啊……」

士道額頭冒出汗水如此問道，三人便迅速地挺直身體。

「啊～嗯，我們有事想拜託你～五河同學不是執行委員嗎？」

「剛才有廣播校花比賽的事了吧？比賽的評審好像少一個人耶～」

「所以，我們認定你就是評審了！而且，你沒有拒絕的權利！」

美衣猛力地指向士道，高聲說道。因為這突如其來的事態，士道瞪大了雙眼。

「什……什麼！等一下啦！為什麼是我啊……」

「總之，拜託你囉～」

「詳細的情形到休息室再問吧～」

「你要是敢逃跑，就得穿女僕裝接待客人喔～」

亞衣、麻衣、美衣面帶微笑，但是以不容分說的語氣如此說道後，便揮著手離開了。

「喂……喂……」

留在原地的士道呆愣地抽動著臉頰……但現在可不是做這種事情的時候。

因為——

「喔喔……士道要當評審嗎！那我也要參加！」

不只八舞姊妹，連十香也眼睛發亮，決定參賽。

「沒有啦，那個啊，十香，這是——」

「哦哦，竟敢挑戰本宮，膽子不小嘛。呵呵，那麼吾就好好地教導汝，眷屬是絕對敵不過主人的！」

「警戒。出現了意想不到的強敵。不過，贏的人會是夕弦。夕弦要拿到獎品旅行券，和士道去泡溫泉，看耶俱矢露出不甘心的表情為樂。」

「喔喔！對喔，有獎品耶！士道！要是我贏了，就跟我一起去泡溫泉吧！」

士道制止無效，三名女生燃起高昂的鬥志。

事到如今，已經無法阻止了。士道抱著頭發出呻吟。

『你為什麼沒阻止她們？你是豬頭嗎？我問你，你是豬頭嗎？』

跟前往準備校花比賽的十香等人分手後，士道用耳麥向琴里報告這件事，結果立刻聽到這樣的回應。

「……別為難我啦。」

『受不了，又演變成麻煩事了。』

「……果然不妙吧？」

士道說完後，琴里用鼻子哼了一聲。

『當然啊。會排列名次雖然是無可奈何，但必須特別注意的地方在於由你當評審，和得到獎品旅行券和你一起去泡溫泉這兩件事。如果三人的其中一人獲勝得到獎品，其他兩人可能會不高興。』

說完，琴里嘆了一口氣，士道也隱約知道那個理由。

雖然琴里嘴裡說「如果」，但事實上她應該也認為三人中的一人會榮登天央祭校花比賽的冠軍寶座吧。

當然各校也有許多自豪的美少女雲集，但十香、耶俱矢和夕弦正如字面所示，擁有超脫凡人的美麗。參加比賽的話，通常都不會輸吧。

「那麼，該怎麼辦才好？」

『這個嘛……另外推派一個人出賽，讓她獲勝如何？』

「另外推派？有人選嗎？」

『有啊。有個超合適的人選。她叫作士織……』

「駁回！」

士道打斷琴里的話，嚴厲地說道。琴里應該也是開玩笑的吧。她輕輕笑了笑，繼續說道：

『總之，絕對不能讓十香、耶俱矢、夕弦其中一位得到冠軍。任何人都行，讓其他學校的參賽者得第一名。』

簡直是強人所難。士道皺起眉頭。

不過，這時他發現現在的他似乎可以達成這件事。

「對喔……！我是評審之一，只要調整分數，讓她們三個人低於其他參賽者——」

『白痴。』

不等士道說完，琴里嚴厲地斥責他。

「幹嘛啦。不這樣做的話……」

『如果你給十香她們低分，她們的不悅肯定會直線上升啊。那才慘咧。』

「……啊。」

聽見琴里這麼說，士道的額頭冒出汗水。天央祭校花比賽的評審方式，是每當一個參賽者出場，評審就要舉起手邊的分數牌給分。換句話說，誰給了幾分，參賽者完全一清二楚。

「妳的意思是……明明非得讓三人以外的人獲勝，我卻必須給她們三人滿分嗎……？」

『算是這樣吧。不過，也不全然是壞事喔。能知道誰給誰幾分，就代表三人會知道你給她們滿分吧。就算不讓她們得冠軍，或許也能防止讓她們感到不開心吧。』

「或許是吧……但要怎麼樣拉低她們的分數啊？」

『當然只能請其他評審分數給低一點了吧。』

「其他評審……？」

士道疑惑地如此問道，於是琴里宛如理所當然地回答：

『是啊。我記得校花比賽的評審已經到休息室集合了吧。有幾個人？』

「呃……我記得加我總共四個。」

『這樣啊。那麼——我想想，一個人最多可以使用一百萬的預算。』

「收買嗎！」

聽見這赤裸裸的提議，士道不由自主地大叫出聲。

『萬一十香她們發飆，你以為會造成多少損害啊。』

「呃……也是喔。」

『沒錯。況且，賄賂終究是最後的手段。真要說的話，進展到這一步之前的階段，才是成功與否的關鍵。想辦法請其他評審幫忙，去休息室說服他們吧。』

「……了解。」

雖然不太想去，但也無可奈何。士道輕輕嘆了一口氣後，邁開腳步。

士道穿過會場中擁擠的人潮來到外面，走向中央大廳。然後進入在舞台後方的評審休息室。

「你們好……」

士道輕聲打了個招呼，並且打開門。發現房間裡已經有兩名學生在。一名是宛如典型的大和撫子般嫻淑的女學生，另一名恐怕有參加運動社團，是個體格壯碩的男學生。

「喔喔，那身制服——你是來禪的評審嗎？」

男生站起來朝士道伸出手。

「對……」

士道不知所措地握住他的手，男生便用力地回握並露出爽朗的笑容，潔白的牙齒閃閃發光。

「我叫古茂田柊平，是榮部西三年級的學生會長。」

「啊——我叫五河士道，是來禪二年級……算是天央祭執行委員。」

士道說完後，併攏雙腳坐在椅子上的少女用沉著的聲音接著說道：

「我是伊集院櫻子，是仙城大學附屬高中三年級的風紀委員長。請多指教。」

說完，她以優雅的姿勢行了一個禮。應該是家世良好的千金小姐吧，一言一行都散發出高雅的氣質。

「啊，妳好。我才要請妳多多指教。」

士道微微低下頭後，古茂田便用力上下揮動握住的手。不知為何，士道強烈感覺古茂田看著自己的視線莫名地熱情。

「哎，我們像這樣被選為評審也是某種緣分。一起開心地評分吧。」

「就……就是說啊……」

看見古茂田徹頭徹尾表現出一副好青年的模樣，士道的額頭不由得冒出汗水……主要是對之後必須要收買他們這件事感到冒汗。

不過如果不拉攏他們，三名精靈有可能會不開心，導致封印的力量逆流。士道沒有選擇權。

「那……那個，我有事想跟你們商量……」

「——啊啊，話說回來……」

正當士道想提出話題時，古茂田不知為何依然握著士道的手不放，像是想起什麼事情一樣發出聲音。

「你說你叫五河吧。你也是評審之一，要小心一點喔。」

「咦？小……小心什麼……？」

士道詢問後，古茂田便垂下眼睛，從鼻子呼出氣息，並且繼續說道：

「沒有啦，就是剛才有個可疑的學生跑來找我，說什麼要付錢給我，要我給參加校花比賽的某人打高分。」

「咦……！」

士道感覺心臟猛然跳了一下。他沒想到自己正要提出的話題，竟會從對方的口中說出來。

士道驚訝地張大嘴巴。「說到這裡……」櫻子也豎起一根手指抵在下巴說：

「也有人跑來跟我提類似的話題呢。」

「是喔，伊集院同學也遇到了啊。真是令人傷腦筋呢。」

「沒錯。」

說完，兩人無奈地嘆了一口氣。士道冷汗直流，開啟顫抖的雙唇：

「請……請問……你們兩位怎麼回答？」

士道詢問後，兩人嗤之以鼻，表現出「那還用問嗎」的態度。

「當然拒絕啦。雖然是一日限定的職務，但我可是榮部西的學生選出的評審。要是接受收買這種卑鄙的暗中交易，我就無顏面對當初選我的學生們了。」

「對，說得沒錯。對方肯定也有不得不這麼做的苦衷吧。不過，既然身負評審的重責大任，就不能允許不公正的事情發生。就算給我再多錢，我都不會給出不公平的分數。」

「我……我想也是……」

兩人斬釘截鐵地回答，士道不由得移開視線……總覺得兩人太過耀眼，無法直視。

在提出收買的事情之前，就已經無計可施。又不能威脅這兩個人，但也無法向他們解釋精靈的危險性。

士道煩惱著該如何是好，輕輕敲了敲耳麥。於是立刻傳來琴里的聲音。

『……我聽到了。原來如此，看來不容易收買其他評審呢。』

「……該怎麼辦？」

士道以兩人聽不見的細小聲音說道後，琴里低吟了一聲，然後回答：

『沒辦法了。再想其他方法吧。給我一點時間。』

「好，我明白了……拜託妳囉。」

「嗯？你有說什麼話嗎，五河同學？」

或許是覺得一個人嘀嘀咕咕的士道很奇怪，古茂田歪著頭。士道像是要蒙混過去似的搖了搖頭說：

「不……不，我沒說話。話說回來，評審總共有四個人吧？最後一個人在哪裡？」

士道詢問後，櫻子用豎起來的食指碰了碰臉頰，開口說：

「好像還沒有來。我記得最後一個人是──」

「──不好意思，我來晚了～」

櫻子正要說的瞬間，休息室的門開啟，一名少女走進房間。

那名少女用金色的髮飾夾起藍紫色的頭髮，穿著水手服。纖細修長的手腳，加上穿著衣服也能看出的完美比例，令人印象最深刻的是她宛如銀鈴般的聲音。

「咦──美九？」

看見那名少女的模樣，士道不由自主地發出聲音。

沒錯。她和十香等人一樣，是被士道封印靈力的精靈──誘宵美九。

「啊，達令！」

美九一看見士道的臉，就瞬間露出開朗的神情。不過，或許是聽見美九說出的單字，古茂田和櫻子同時歪了歪頭。

「嗯……？」

「……達令？」

「啊！不，該怎麼說呢──算是暱稱啦，暱稱！」

士道自己也覺得這個藉口很牽強，兩人雖然感到納悶，但似乎還是接受了這個說詞。古茂田將手抵在下巴，發出「唔嗯」的聲音。

「原來如此，這暱稱還真是有意思呢。」

「啊……哈哈……就是說啊。」

「不過，我也可以叫你達令嗎？」

古茂田露出爽朗的微笑如此說道。於是，士道抽動了一下臉頰。

「這……這個有點……」

正當士道冒著冷汗時，美九環抱雙臂鼓起臉頰。

「不行啦～達令是屬於我的～」

說完後，美九再度面向士道。

「然後呢，你怎麼會在這種地方？啊！難不成是來見人家的嗎？」

「啊，不是……其實我被選為評審……美九會在這裡，莫非也是同樣的原因？」

士道詢問後，美九得意洋洋地雙手扠腰、挺起胸膛。

「沒錯！我是龍膽寺女子學院的天央祭執行委員長，誘宵美九。請大家多多指教～」

美九自我介紹完，古茂田和櫻子便瞬間彼此對視，然後露出笑容。

「嗯，我知道喔。因為妳很有名嘛。」

「是啊，我聽說如果妳參賽的話，一定會拿下冠軍，所以一開始就以特別名額把妳加入評審的行列。」

聽見兩人說的話，士道點了點頭表示認同。

說得也是。美九不只是精靈，同時也是日本首屈一指的當紅偶像。長久以來都不露臉進行歌唱活動，但前一陣子在舞台上公開她的長相。簡單來說，跟其他參賽者的知名度差太多了。當然，是否會因此改變評分結果就另當別論了——但應該難以避免帶給觀眾先入為主的觀念吧。

話雖如此，如果完全不讓誘宵美九參與校花比賽，也會辜負觀眾的期待。所以他認為讓美九當評審，是很妥當的處理方式。

「啊——」

就在這個時候，士道瞪大了雙眼。

美九是精靈，當然也知道十香和八舞姊妹的事。換句話說，她能理解這種危機的狀況。

「美九，可以過來一下嗎？」

「咦？什麼事？」

美九雙眼圓睜，靠近士道。士道壓低聲音，在房間角落說明十香和八舞姊妹打算參加校花比賽，以及希望想辦法避免她們獲得冠軍這兩件事。

「喔……原來如此呀～～事情麻煩了呢～～如果是十香她們三個的話，其中一人確實很有可能會得到冠軍呢～～」

美九嘴上是這麼說，但表現出來的態度卻毫無緊張感，然後「嗯、嗯」地點了點頭。

「我知道了～我來幫你～不能放著這種事態不管，何況是達令的請求嘛～」

「！真的嗎！謝謝妳……！」

「真的啊。總之，只要把十香、耶俱矢、夕弦的分數打得低一點就行了吧？唔……雖然有點心痛，但也沒辦法呢～了解！」

美九說完，豎起大拇指。士道鬆了一口氣。

終於成功拉攏一名評審了。當然，問題仍然堆積如山，但可說是射進一道曙光。

與此同時，士道的右耳傳來琴里的聲音。看樣子，她似乎聽到了一連串的過程。

『沒想到美九竟然是評審啊。士道，你很走運嘛。這下子似乎有辦法解決了呢。』

「不過，還剩下兩個人耶。我只能給滿分——」

『關於這件事，我思考了一個對策。』

「對策？」

士道詢問後，琴里回答：『對。』接著說道：

『詳細情形我之後再向你說明。總之，你先跟美九商量如何調整分數。剩下的兩個評審，我這邊會看著辦。』

「我……我知道了……」

說不會感到不安是騙人的——但士道只能點頭答應。

「這是怎～～～麼回～～～事啊啊啊！」

龍膽寺女子學院二年級生綾小路花梨，在天宮廣場中央舞台的後方發出歇斯底里的叫聲。

她是一名擁有一頭美麗的長捲髮，看起來很強勢的少女。五官算是端整，現在因為憤怒的表情而呈現像凶惡殺人犯的長相。

不過，也難怪她會表現出這樣的反應。因為兩名手下奉命去收買校花比賽的評審，卻厚顏無恥地無功而返。

「因……因為……辦不到啦，要收買那種人……」

「就是說啊……對方用炯炯有神的眼睛教訓了我一頓。害我產生罪惡感……」

花梨的兩名女手下彷彿淋雨的吉娃娃一樣，瑟縮著身體說道。花梨從鼻間發出「哼！」的一聲後，環抱雙臂，開啟雙脣：

「……算了。我已經完全掌握住仙城大學附屬高中和榮部西高中評審的興趣嗜好了。而且憑我的這副美貌！才不會輸給其他女生……！」

花梨抬頭挺胸地高聲說道。當然，並非沒有不安要素存在，但臨時加入的來禪評審應該會拜倒在花梨的魅力之下，而花梨也不認為無條件對女生溫柔的大家的偶像誘宵美九姊姊大人會給她低分。沒錯，收買只是為了鞏固狀況的手段罷了。

當花梨思考著這種事情的時候，中央大廳的後門方向傳來有人說話的聲音。

「喔喔！這就是校花比賽的服裝嗎？令音！」

「……是啊，穿這個的話，小士應該也會感到開心吧。」

有一個超～級可愛的少女，從一臉想睡的女性手中接下一個小包包。那名少女擁有一頭漆黑的美麗長髮和如水晶般閃耀的眼瞳。她的美貌只能說是上天的恩賜。

「……好了，她們兩個已經走了。十香妳也快點去休息室吧。」

「嗯！」

少女被女性從背後推了一把，大步走進建築物中。看來，她也是校花比賽的參賽者之一。

「嗚哇～那女生是怎樣，好可愛喔～」

「真的，有夠可愛的。沒想到有這種女生存在啊～」

「……！」

兩名手下發出讚嘆聲。花梨太陽穴冒出青筋，用力揍了兩人的頭。

「好痛！」

「妳……妳幹嘛啦……」

「吵死了！妳們是支持誰啊！」

花梨用隱含怒氣的聲音說道後，兩人互相對視。

「就算妳再怎麼美，也贏不了她的啦，花梨小姐。」

「就是說呀～～花梨小姐妳也看到了吧？作為生物的等級根本不一樣。」

「給……給我閉嘴……！那種事情……」

花梨回想起剛才進入大廳的少女的模樣……沉默了一陣子。

不過，思考了數秒鐘之後，她揚起嘴角，露出狡黠的笑容。

「……我有事情拜託妳們。」

「——各位觀眾，非常感謝您的蒞臨！現在開始進行第二十五屆天央祭校花比賽！」

「喔喔喔喔喔喔喔喔喔喔喔喔喔喔喔喔喔喔喔喔喔喔喔喔喔喔喔！」

站在台上的女主持人情緒高昂地宣言後，將中央大廳擠得水洩不通的觀眾一齊發出歡呼聲。

「……」

從陰暗的台上俯看這種情景，士道緊緊握住因流汗而濕淋淋的手。

命運的校花比賽即將開始。剛才向琴里確認情況，她說作戰進行得很順利，接下來只要美九調整分數的話，應該就沒有問題。

不過……不知為何，士道的內心從剛才開始就一直莫名地忐忑不安。

然而，不理會士道的心境，活動順利地進行下去。主持人說明活動的宗旨後，迅速地轉過身指向台上。

「那麼，現在來介紹掌握校花比賽關鍵的各位評審！首先是這位！」

配合著主持人的聲音，聚光燈「啪！」的一聲打在評審席的一角。

「仙城大學附屬高中風紀委員長兼茶道社社長！身為女生就應該保持三步的距離，走在男生身後！瀕臨絕種的大和撫子，伊集院櫻子！」

「公主殿下————！」

櫻子一揮手，觀眾席便傳來了男女交雜的歡呼聲。看來這名少女，在學校似乎非常受到眾人愛戴。

「接下來是榮部西高中的年輕獅子！學生會長兼柔道社主將！文武雙全的超級英雄！不知為何粉絲俱樂部的男粉絲多於女粉絲的古茂田柊平！」

「大哥————！」

古茂田爽朗地撥了一下頭髮後，不知為何低沉的聲援聲響徹整個會場。

「接下來是來禪高中的臨時評審！只因為擅長做全部的家事，男人就如此受女生歡迎嗎！諸位男子，磨練你們的做菜本領吧！歡迎五河士道！」

「去、死吧啊啊啊啊啊啊啊啊！」

「喂，怎麼只有我的介紹詞和聲援都這麼奇怪啊！」

士道不由自主地回應會場底下發出的聲音。不過，似乎沒有人在聽士道反駁。主持人裝傻地繼續說道：

「——讓各位久等了！沒想到這個人竟會擔任評審！出道以來一次也沒有現身在媒體面前的夢幻歌姬！龍膽寺女子學院的誘宵美九！」

「美——九——九——————！」

「嗚喔……！」

跟先前等級完全不同的歡呼聲沸騰了整個會場。士道不禁發出讚嘆聲。

「不……不愧是美九呢……」

「哪～～有～～你過獎了～～」

美九面帶微笑地回覆。結果觀眾席飛來好幾道「你這傢伙幹嘛跟美九九說話啊，混帳！」的辱罵聲。

「——好，那我們盡快開始評審吧！歡迎一號參賽者！玄冬高中二年級，菅原昌枝小姐！」

主持人說話的同時，穿著華麗禮服的少女現身。應該是舞台部門演戲還是什麼穿的衣服吧。

少女以優雅的步伐走到舞台的中央後，行了一個禮，開始用流暢的英文表現自己的優點。

自我表現時間，只要不違反善良風俗，基本上要做什麼都可以。她所選擇的是用英文演講。

原來如此，要表現才貌雙全這一點應該有效用吧。事實上，櫻子和古茂田一邊聽她說話，一邊「嗯、嗯」地點著頭。

……順帶一提，士道連一半都聽不懂。看向旁邊，發現美九也露出類似的表情。

之後約過了三分鐘。少女在掌聲中再次鞠了一次躬。

「好的！謝謝一號參賽者的表現！那麼請各位評審給分！」

主持人催促評審給分。士道將視線落在自己的手邊。每個評審的面前都放著寫上數字一到十的分數牌。

「我想想……」

士道從中選了一支，當場輕輕舉起。

「分數是，七分！零分！六分！十分！總計二十三分！」

順帶一提，上述分數的評審依序是櫻子、古茂田、士道、美九。

就想讓精靈以外的人獲勝的士道而言，本來想給更高的分數，但琴里吩咐他調整分數，以免看起來不自然。

不過，給零分未免太嚴格了吧。士道瞥了一眼古茂田。

「嗯，容貌美麗，加上充滿才智的演講。不過很可惜，如果妳是男生就好了。」

「……」

看見古茂田露出爽朗的笑容如此說道，士道冒出汗水。

「美……美九妳給了十分呢。」

士道說完後，美九發出啊哈哈的笑聲。

「因為她長得很可愛嘛～～雖然我完全聽不懂她在說些什麼～～」

「……哈哈。」

士道露出乾笑，看向出現在台上的下一個參賽者。

之後約一個小時，校花比賽進行得很順利，會場的氣氛也愈來愈熱烈。

目前評分完畢的參賽者有二十位。由於古茂田和美九打的分數十分極端，分數的差距很小，目前暫居第一名的，是十九號參賽者，龍膽寺女子學院的梅宮由紀子，得到了二十四分。

「……差不多該出場了吧。」

在士道舔了一下嘴脣的同時，主持人高聲說道：

「——好了，接下來是二十一號參賽者，來禪高中二年級的八舞耶俱矢小姐！」

「……！來了嗎……！」

聽見主持人宣布，士道吐了一口長氣，並且握緊拳頭。

當士道正感到緊張的時候，穿著長袍的耶俱矢悠悠地……出現在舞台側邊。

「呵呵……庶民啊，仔細看吾颶風皇女八舞的奔馳吧！」

耶俱矢擺出帥氣的姿勢後，隨即當場脫掉長袍。

「喔喔喔喔喔喔喔！」

觀眾大叫出聲。這也難怪。因為耶俱矢身上穿的，是教育旅行時穿過的上頭裝飾白色蕾絲的黑色比基尼。

無庸置疑是目前為止最暴露的穿著。而且，穿著的人又是無可挑剔的美少女。會場的情緒愈來愈高漲。

「那身打扮……是怎樣……」

士道驚訝得瞪大雙眼，此時耳麥傳來琴里的聲音。

『呵呵，如何啊？我試著讓她們反其道而行。』

「這……這是什麼意思？」

『我故意不在評審方面動手腳，而是讓十香和八舞姊妹穿評審討厭的服裝，或是表現的項目不合評審的口味。』

「啊——」

聽見琴里說的話，士道想起至今為止的參賽者。

暫居第一名的梅宮由紀子是穿著美麗的和服現身，優雅地跳著日本舞。

反觀穿著極短的裙子或是性感的兔女郎裝扮，露骨地鎖定男性票源的參賽者們，分數並不怎麼高。

『沒錯。評審伊集院櫻子出生於茶道本家，似乎從小就被嚴格地教育長大，所以非常討厭女生隨便裸露肌膚。在仙城大學附屬高中似乎也是以嚴厲的風紀委員長的身分聞名。所以，為了給她留下壞印象，我稍微提高了十香她們衣服的裸露程度。』

「喂……喂，這樣沒問題嗎？」

『當然是在她們可接受的範圍之內。要是因為這樣讓她們的精神狀態不安定，不就本末倒置了嗎？』

「唔……」

士道面有難色地低聲呻吟。不過沒有其他方法也是事實。士道相信琴里說的話，點了點頭。

「我知道了。不要太為難她們喔……那麼，妳對古茂田學長下了什麼功夫？他從剛開始就一直給零分……」

『我沒對他做什麼。』

「咦？」

『因為那個人比起女生，似乎對男生更有興趣。』

「……」

士道默默無語地從額頭冒出汗水……為什麼那種人會來當校花比賽的評審啊？

士道瞥了一眼古茂田。結果他不知為何用超級爽朗的笑容對士道微微一笑。士道連忙將視線轉回舞台上。

於是與此同時，聽到歡呼聲而心情愉悅的耶俱矢滿心歡喜地揚起嘴角，微微助跑，在舞台上一躍而起。

然後像體操選手一樣，完美地在空中前翻、側翻、後空翻後，輕盈地降落在舞台的中央。看見這精采絕倫的表演，響亮的喝彩聲包圍了整個會場。

「呵呵……就小秀到這裡吧。」

耶俱矢得意洋洋地挺起胸膛。

不過，事件在這時候發生了。可能是沒有綁緊，或是因為激烈的動作而鬆掉，上半身泳裝的綁繩鬆脫了。

「呀哇……！」

耶俱矢慌慌張張地按住泳裝，在千鈞一髮之際遮住了胸部。似乎勉強沒被人看見，但這突如其來的意外將會場的氣氛炒到最高潮。

「喂、喂……妳小心一點啦。」

士道露出苦笑後，耶俱矢轉向後方，重新把泳衣綁好，再次擺出姿勢。

「雖……雖然發生了突發事件，但表演得非常精彩！那麼，請各位評審給分！」

主持人催促評審給分。話雖如此，士道的分數早已決定好了。他高高舉起十分的牌子。

「好了，分數出來了！分別是五分！零分！十分！——」

「很好……」

果不其然，櫻子給的分數很低。接下來只要美九調整分數，就不會超過最高分——

「——十分！總計二十五分，八舞耶俱矢小姐，目前暫居第一！」

「什麼……美九！」

士道驚愕地瞪大雙眼，看向左方。結果看見美九像是在訴說「看到好東西了～」似的，露出沉醉的笑容，高舉十分的牌子。

「喂……喂……」

「啊……！人……人家……剛才到底做了什麼……！」

看來，她似乎半下意識地給了十分。美九一臉慌張地想要替換分數牌。

不過，為時已晚。不等美九訂正，主持人開口說道：

「那麼，接下來要介紹下一位參賽者了，請八舞耶俱矢小姐退場——啊！」

此時，主持人頓住了聲音。因為耶俱矢還在台上，下一位參賽者夕弦就登上了舞台。

「啊啊，真是的！歡迎二十二號參賽者，來禪高中二年級的八舞夕弦小姐！」

無可奈何之下，主持人只好介紹夕弦。不過，觀眾根本沒人在聽。與耶俱矢出場時不相上下的歡呼聲……應該說是嘈雜聲，充斥整個會場。

士道馬上就知道了理由。因為夕弦全身穿著黑色皮製的緊身衣。

「什麼……！」

士道不禁瞪大了雙眼。那套緊身衣好像是暑假大家一起去旅行時，夕弦在旅館穿過的那件。

不過，夕弦毫不在意大家的視線，走近耶俱矢的身邊，一把抓住耶俱矢的後頸項——應該說是剛才鬆開的泳裝上衣的繩子部分。

「注意。耶俱矢，妳這樣怎麼行呢？得把繩子綁緊才可以。」

「咦……不，呵……呵呵——在吾的風之舞面前，再怎麼堅韌的繩結(Gordian)都抵擋不——噫！」

話說到一半，夕弦將繩子往後拉，耶俱矢按住胸口發出高亢的聲音。

「重申。這樣這麼行呢？只有我和士道才知道的耶俱矢的乳房，差點就要暴露在大庭廣眾之下了喲。」

「別……別說這種會讓人誤會的話啦！」

耶俱矢滿臉通紅地大喊。聽見夕弦爆炸性的發言，觀眾一部分的視線投射在士道身上。

不過，夕弦毫不在意，呼吸急促，以有些開心的口吻繼續說道：

「指摘。難道妳是故意的嗎？故意沒綁緊，假裝發生意外，想讓大家看胸部嗎？耶俱矢真是個大變態呢。跟妳擁有相同八舞之名的我感到好丟臉。」

「才……才不是……喂，等一下……」

耶俱矢害羞地扭動身子，結果夕弦似乎更加興奮地臉頰泛紅。

……慘了。夕弦完全進入虐待狂的狀態了。平常老實乖巧的夕弦，其實最喜歡看耶俱矢感到羞恥的模樣。與她那身令人噴血的服裝相輔相成，看起來只像是不該看的畫面。

「指示。好了，耶俱矢，快說吧，說妳是喜歡穿成這樣給大家看的變態。」

「我……我怎麼可能……說得出這種話啊……！」

「微笑。妳表現出這種態度好嗎？耶俱矢的弱點，夕弦可是瞭如指掌喔。」

說完，夕弦撫摸耶俱矢的背脊。

「住……住手啦，夕弦……」

「拒絕。夕弦才不住手。我要讓妳發出更好聽的聲音。」

21
22

「啊啊……怎麼這樣……！」

「等……等一下！停止！先停止！」

主持人像是忍不住一樣，發出尖銳的聲音。然後，疑似工作人員的女學生從舞台側邊跑出來，將情緒高漲的夕弦和耶俱矢拉進舞台側邊內。

「呼……呼……失禮了。哎……哎呀，還真是刺激的表現方式呢。那麼，請給分！」

主持人應該也不想引發什麼麻煩的事態吧。看來，她似乎想將剛才的情形硬當成是夕弦的自我表現時間。

不過，要是在這裡失去資格的話，夕弦很可能會不高興（但也有可能因為太專注在耶俱矢身上而沒有察覺）。對士道來說，這個處理方式也對他有利。

「！分數出來了！五分！零分！十分！十分！總計二十五分！以同分暫居第一！」

「咦？美……美九……？」

「呼……呼……」

美九的眼睛散發出耀眼的光芒，一邊流著口水，一邊小聲地反復說道：「受不了、受不了啊～」並舉起十分的牌子。順帶一提，古茂田一邊抽泣地流下感動的淚水，一邊說道：「看到感人的畫面了。愛果然跟性別無關。」但還是給了零分。這男人真是令人難以理解。

「……美九。」

「啊！人……人……人家剛才到底做了什麼！」

美九連忙擦拭著口水說道，但為時已晚。主持人已經呼喚下一位參賽者的名字。

「那麼，下一位二十三號參賽者，也是來自來禪高中的夜刀神十香小姐，請進場！」

主持人說完後，十香也和耶俱矢一樣穿著長袍，從舞台側邊出現。但她並沒有像耶俱矢那樣當場脫下長袍，而是走到舞台中央。

此時會場已經有人發出感嘆聲。那也難怪。因為第一次看見十香，很少有人不被她吸引。

不過，十香走到舞台中央後什麼都沒做，只是呆站著。過了一會兒，她看了一眼士道坐著的評審席。

「嗯……？」

士道歪了歪頭。十香的表情看起來很困惑，應該說很煩惱吧。

但在士道將疑惑說出口之前，十香便像是下定決心一般點點頭，一口氣脫掉披著的長袍。

「喔喔喔喔喔喔喔喔喔……！」

喧鬧聲和歡呼聲籠罩整個會場。

那也是理所當然的事吧。因為現在包覆十香身體的，是附有沙龍裙的泳裝……原本應該是這樣才對，但布料被剪刀剪得破破爛爛。

「什麼……！」

士道不禁瞪大雙眼。本來就不大的布料面積變得更小了。要是動作太大，禁忌的聖域可能會曝光。事實上，十香也似乎感到很害羞，忸忸怩怩地扭動著身體。

「十……十香！妳怎麼穿成這樣？為什麼要穿破掉的泳裝啊？」

士道忍不住從評審席大聲吶喊，於是十香迅速地轉過頭來。

「唔，什……什麼！這不是本來就長這樣嗎？」

「什……什麼！」

士道像是要詢問事情一樣，輕輕敲了敲耳麥。結果，傳來琴里焦急的聲音。

『我……我可不知道喲！我準備的是普通的泳裝——該……該不會是有人找碴……？』

「！妳的意思是，有人想逼十香棄權才剪破她的泳裝嗎……？」

『我只想到這個可能性。不過，十香以為泳裝的設計本來就是這樣——』

「妳說什麼……！」

在士道和琴里說話的期間，十香露出不安的表情。

「我……我是不是做了什麼不該做的事？抱歉……我……我……以為士道會感到開心……」

「……！」

聽見意料之外的話語，這次換士道滿臉通紅。會場內響起揶揄的口哨聲和陰沉的怨嘆聲。

「啊啊——真是的……！」

23
10

士道胡亂搔了搔頭後，不等主持人催促就舉起了十分的牌子。

「不妙啊！太犯規了啦！不過——下不為例喔！」

「！喔喔……！給了十分！」

看見士道舉起的分數，十香一臉開心地綻放笑容。會場響起掌聲，彷彿在祝福十香。

「啊啊，等一下、等一下，不要偷跑啦。好了，其他評審也請給分吧！」

女主持人面露慌張地催促。於是櫻子、古茂田、美九便同時舉起牌子回應她。

總計——二十五分。與耶俱矢、夕弦暫時並列第一。

「……謝謝夜刀神十香小姐！大家請拍手歡送她！」

十香在掌聲如雷的歡送下，消失在舞台側邊。

「唔……」

不過，目送她背影的士道一臉痛苦地緊咬牙齒。

雖然有預料到這種情況，但非常不妙。這下子三人同分，都是第一名。這樣下去，會進行三人的決選投票。

只剩下最後一名參賽者。只好想辦法讓那名參賽者獲勝了。士道看向舞台側邊，祈禱般握緊拳頭。

「……呵……呵呵……」

綾小路花梨在舞台側邊等待出場，同時露出狂妄的笑容。

「花梨小姐，妳……妳怎麼了？」

「別管她吧。一定是發現自己沒有勝算，發狂了吧……」

「我有聽見──喔！」

說話失禮的兩名女手下頭上各挨了一記鐵拳。兩人發出「好痛！」的叫聲，按著頭蹲下來。

「妳們看清楚分數。二十五分耶，二十五分。離滿分還有十五分的空間耶。啊哈哈，搞什麼啊，害我白擔心了。照她那個樣子，就算不剪碎她的泳裝，她可能也敵不過我呢。」

「咦咦……讓人背負破壞物品的罪名，不該說這種話吧～」

「太令人傻眼了～」

花梨再次用拳頭揍兩人的頭。

「痛死了啦！」

「馬上就訴諸暴力，我認為這樣不好……」

「少囉嗦了，給我閉上嘴乖乖看好。我要讓妳們見識見識，我綾小路花梨華麗地得到滿分的姿態。」

花梨優雅地飄揚著裙襬，走上舞台。

「——所有參賽者到此評審完畢！結果是八舞耶俱矢、八舞夕弦以及夜刀神十香這三位小姐以二十五分的分數，共同奪得第一名！」

「……喔喔喔。」

士道在評審席抱著頭聽主持人高聲宣布這番話。

結果，那三個人得到了第一名……士道最後的希望綾小路某某人，竟然得到了總計十分，今天最低分的成績而落選。

「本來很想讓她們三位並列冠軍……不過很可惜，獎品只有一份！因此，現在要舉行三人的決選投票！好了，那麼請三位出場吧！大家請鼓掌歡迎她們！」

耶俱矢、夕弦、十香三人在震耳欲聾的掌聲歡迎之下，回到了舞台上。她們三人已經換下了衣服，穿回制服。

「唔……」

看見三人的臉，士道痛苦地發出呻吟。是他想得到的情形當中最壞的狀況。決選投票就代表不是舉分數牌，而是每個評審舉出自己認為符合冠軍的參賽者名字。也就是說——不管願不願意，都得從三人當中選出一人不可。不難想像……落選的其他兩人會表現出什麼反應。

士道敲了敲耳麥，想問琴里有沒有其他方法，於是傳來琴里迫切的聲音：

『嘖……這下慘了。如果士道非得選出一個人……』

「有……有什麼辦法嗎？這樣下去的話……」

『等一下，我正在想啦！話說回來，為什麼三人並列第一啊！』

「我……我也沒辦法啊……！因為美九她——」

話說到一半，士道顫抖了一下肩膀。於是那一瞬間，有人緊緊抓住他襯衫的衣襬。一探究竟後，發現是美九露出一副泫然欲泣的表情，緊握住士道的襯衫。

「達令，對……對不起……都是我……都是我害的……」

美九說完，開始抽泣了起來。瞬間，士道的右耳耳麥響起「嗶！嗶！」的警報聲。

『喂！美九的精神狀態低落了啦！快討她歡心！』

「喔……好……！美九，沒關係啦，不是妳害的！」

「可……可是，這樣下去的話……嗚……嗚……嗚啊啊啊啊啊啊！」

即使慌慌張張地安慰，也已經無法阻止美九即將決堤的淚腺。美九開始號啕大哭，哭泣聲響徹了整個會場。

「！美……美九！好了，不哭、不哭，妳好乖喔！」

士道連忙伸出手，溫柔地撫摸美九的頭。

於是十幾秒後，或許是終於冷靜下來了，美九雖然紅著眼，但總算是停止了哭泣。

「嗚……嗚嗚，對不起，達令，連我都給你添麻煩……」

「不……不要在意啦！重要的是——」

話說到一半——

士道察覺到不對勁。

美九是眾所皆知的偶像。會場內應該也有許多她的粉絲吧。事實上，光是介紹美九是評審，會場就已經歡聲雷動。

不過，剛才美九明明在哭，卻沒有一個人顯示反應。

不，不僅如此——會場甚至鴉雀無聲。

「這……這是……怎麼回事啊……」

「……開始決選投票。」

彷彿回應士道的聲音一樣，女主持人打破寂靜。不過，不知為何，她的聲音跟剛才截然不同，感覺失去了抑揚頓挫。

「決選投票，不只評審，會場裡觀眾的呼喊聲也會記算在票數內。各位，我數一、二、三，你們就大聲喊出認為最適合成為冠軍的人的名字。準備好了嗎？一、二、三——」

「……美九九！」

「咦……？」

幾乎撼動整個會場的大音量，令士道驚訝地眼珠子不停轉動。

因為不只觀眾，連評審、主持人，甚至是參賽者也都齊聲呼喊美九的名字。

就算大家是美九的粉絲，也未免太奇怪了吧。再說，怎麼會選不是參賽者的美九——

「啊……！」

此時，士道察覺到某種可能性。

「美九，難不成因為妳剛才的哭聲……！」

「咦……？」

美九目瞪口呆地歪著頭。

美九原本是操縱歌曲和聲音的精靈。她美妙的聲音能魅惑聽者的心，將所有人化為美九狂熱的信徒。

如果因為美九精神狀態不穩定的關係，而讓她的能力暫時發揮——

「美九九——！」

聚集在會場裡人山人海的觀眾宛如海浪一般朝台上湧來，打斷了士道的思緒。

「嗚……嗚哇呀啊啊啊！這……這到底是怎麼回事啊！」

美九一臉訝異地發出哀號聲。看來她似乎沒有發現自己啟動了能力。

「美九……！總……總之先逃吧！」

「好……好的，達令！」

士道牽起美九的手，從評審席跑向舞台側邊。

然後好不容易從後門來到外面，帶著美九逃跑。

不過——

「呵呵呵！士道，汝休想逃跑！」

「跳躍。喝啊！」

「士道！把美九留下來！」

八舞姊妹和十香從後方緊追不捨。看樣子，她們也受到美九的「聲音」操控了。

「喂……喂，妳們……！」

「姊姊大人————！」

「飛翔。舔舔。」

「我要開動了！」

眼神瘋狂的三人宛如童話裡出現的大野狼，舉起雙手，朝他們攻擊而來。

「嗚……嗚哇啊啊啊啊啊啊！」

「呀啊啊啊啊啊啊啊啊！」

士道和美九發出慘叫，在天宮廣場四處竄逃。

美九的操縱力從大家身上失效時，是在大約三分鐘之後。

恢復理智的十香等人，不知為何連參加校花比賽的記憶也完全忘記了，對自己為何待在這種地方感到很納悶……不過，幸好那裡是販賣部門的區域。

結果，士道當場隨便蒙混過去，和三人一起邊走邊吃炸肉餅、章魚燒、炒麵和其他東西，充分享受了天央祭。

順帶一提，聽說奪下校花比賽冠軍的，是龍膽寺女子學院的一個叫作綾小路什麼的女學生。

好像是因為大家注意到的時候，她已經在台上拿著獎杯啜泣，流下感動的淚水，所以大家便想說「這個人應該是冠軍吧」而半自動地決定了冠軍人選……這又是另一個故事了。

艾蓮・梅瑟斯
最強的一天

The strongest dayELLEN MIRA MATHERS.

DATE A LIVE ENCORE 2

「休假……嗎？」

在DEM Industry日本分公司的某個房間內，艾蓮·梅瑟斯將她如寶石般的碧眼瞪得老大，側著頭。淡金色的頭髮配合著這個動作搖擺，輕撫她的肩頭。

「對。」

點頭回答她的，是面對她坐在椅子上的高䠷男子。

他是DEM Industry的執行董事，艾薩克·威斯考特。既是艾蓮的直屬上司，也是DEM公司實質上的領袖。

「原本安排的會議取消了。妳最近也一直拚命地工作，偶爾也該好好放鬆一下。」

「……」

不過，艾蓮沉默了片刻。

她並非討厭休假。只是，現在艾蓮所處的地方是遠東日本，並非她所熟悉的英國街道。艾蓮熟悉的周邊環境，頂多是分公司和住宿旅館的附近罷了。若要臨時休假，不要挑這種待在異國之地的時候，而是待在英國總公司時，她會比較感謝。

不過，那也是無可奈何的事吧。因為這個地方是地球上精靈出現率最高的區域。

——被指定為特殊災害的生命體，精靈。

會突發性地現身在鄰界，外表為人形的災害。DEM Industry的目的正是得到她們的力量。為此，身為ＤＥＭ最高責任者的威斯考特親自前往日本。

話雖如此，常人當然不可能敵得過發揮如此強大力量的精靈。

人稱巫師(Wizard)的艾蓮等人的存在，才是能與之匹敵的執行力。

他們利用將幻想化為現實的機器——顯現裝置，發揮超乎常人的力量，是「超越人類的人類」，是人類對抗精靈的唯一戰力。

然後，被視為最強巫師的正是ＤＥＭ第二執行部部長，艾蓮·梅瑟斯。

「……」

艾蓮在腦海裡反覆思量自己的立場後，輕輕嘆了一口氣。

能休息的時候就要好好地休養，維持最棒的狀態也是最強巫師艾蓮的職責。艾蓮微微地點了點頭。

「——我知道了。那我就接受您的好意。」

「嗯。之後似乎會有一連串的重要工作要做。好好地養精蓄銳吧。」

「是。」

艾蓮點頭首肯後，便走出了房間。

◇

「──好了。」

之後約過了三十分鐘，艾蓮將黑色套裝換成便服，漫步在街頭。

當然，她並非第一次走在這個街頭，也大概能理解四處標明的日文。不過，還是幾乎不了解市街的詳細構造和商店的位置。所以她打算隨意蹓躂，走進較醒目的商店逛逛。

話雖如此，艾蓮是自認和公認的最強巫師，跟同為生物、隨處走在街頭的平凡人等級不同。就算是休假，她的舉止仍然必須優雅又從容。

「──哎呀。」

艾蓮突然停下腳步。理由很單純，因為號誌燈剛好亮起紅燈。

她停留在原地，不經意地往下看。疑似剛整修完畢的黑色柏油路上，描繪著白色的班馬線。

在她望著地面的期間，綠燈亮了。原本來來往往通過眼前的汽車停了下來，並排左右的人們橫越行人穿越道。

宛如配合這幅情景一般，艾蓮一語不發地抬起頭。

身為最強的巫師，舉手投足必須經常保持優雅。

沒錯。比方說，橫越這條行人穿越道時也不例外。

在日本似乎將勝利稱為「白星」，而敗北則是「黑星」。原來如此，這個表現方式很有意思。

「——哼！」

艾蓮用鼻子輕輕哼了一聲，以端麗的姿勢抬起右腳，用鞋底踩上斑馬線白色的部分。

然後踏著輕快的步伐，只踩著白色的部分前進。

最強的艾蓮．梅瑟斯不適合踩踏表示敗北的黑色。艾蓮行進的前方只有勝利，留在她身後的只有榮耀。艾蓮就這麼毫無滯礙將全部的白色——

「唔哇噗……！」

踏完的前一刻，有人狠狠撞上她的背後，讓她在柏油路上跌了個狗吃屎。

接著下一瞬間，自行車的輪胎以飛快的速度通過距離她眼前數公分的地方。

「呀哇！」

艾蓮差一點就被輾到。她發出驚叫聲，縮起身體。

「呼……呼……到底是……怎……怎麼回事啊……」

她揉了揉疼痛的鼻子，呼吸急促地站起身。

不過，艾蓮立刻抖動了一下肩膀，清了清喉嚨讓心情平靜下來。

艾蓮是最強的巫師，不能表現出慌亂的醜態。

然而——

「啊，對不起，妳沒事嗎？」

「亞衣真是的～」

「就叫妳不要在馬路正中央表演空手道了嘛～」

「噫……！」

艾蓮看見疑似撞到自己的「犯人」們，好不容易佯裝若無其事來掩飾醜態的表情，在一瞬間瓦解。

那是三名穿著同樣制服的少女。分別是將制服穿得有些凌亂，營造出隨意感，看似活潑的高䠷少女；鮑伯頭髮型為其特徵，中等身材的少女；以及戴著眼鏡的嬌小少女，三人依照身高站成一排。

「嗯？」

「奇怪？」

「哦哦哦？」

少女們向倒在馬路上的艾蓮伸出手，像是發現什麼事情一樣地瞪大雙眼。

當艾蓮心想不妙的時候已經來不及了。少女們露出開朗的表情，圍在艾蓮身旁。

「嗚哇，妳該不會是艾蓮小姐吧？」
「妳還記得我們嗎？就是在教育旅行的時候！」
「不會吧，好巧喔！妳住在這附近嗎？」
三人同時滔滔不絕地說道。艾蓮的臉上染上絕望的神色。
她從高個兒順勢往下依序看向少女們。記得三人的名字分別是叫山吹亞衣、葉櫻麻衣和藤袴美衣。
沒錯。好死不死的是，她們認識艾蓮。
艾蓮以前為了捕捉精靈夜刀神十香，喬裝成隨行攝影師混進十香就讀學校的教育旅行。
她們是十香的同班同學，當時三番兩次地妨礙艾蓮。
艾蓮痛恨自己的疏忽大意。天宮市除了精靈以外，還存在著必須嚴重警戒的對象。
「妳……妳們認錯人了吧，我先走一步了……！」
艾蓮以高八度的聲音如此說道後，當場站起身，匆忙離去。
「妳又在開玩笑了～」
「我們怎麼可能認錯這麼顯眼的英國辣妹呢～」
「妳不知道嗎？妳是逃不出亞衣、麻衣、美衣的手掌心的。」
不過，三人又繞到艾蓮的前方，壓低身子，以高速反覆橫向跳躍堵住艾蓮的去路。

「什麼……！」

「妳今天沒帶相機嗎？休假？」

「那要不要跟我們一起玩？」

「我知道一家不錯的店喔。」

接二連三地說出像搭訕時說的老掉牙台詞。艾蓮本能性地感到危險，整張臉冷汗直流。

「……啊！那裡——有個好令人在意的東西！」

艾蓮豎起一根手指，猛力地指向遠方。由於一時之間想不出什麼好說詞，只好大聲吶喊，靠氣勢哄騙過去。

「咦！」

「真的假的，在哪裡？」

「什麼都沒有啊？」

亞衣、麻衣、美衣被艾蓮的聲音引誘，朝上方看去。

「……！」

艾蓮趁著這一瞬間的破綻，朝小巷子飛奔而去。

◇

「呼……呼……呼……」

後來不知道跑了多久，在看不見三人的身影之後，艾蓮才終於停下腳步。心臟劇烈地跳動，肺部發出哀號，全身的筋骨隱隱作痛。

「跑……跑到這裡……應該就……沒問題了……吧……」

艾蓮在附近的長椅坐下，手肘抵在大腿上，身體向前傾調整呼吸。

……她實在不擅長應付那三個女生。艾蓮一邊調整呼吸，一邊回想那三個小惡魔的臉。

人類之中應該沒有人敵得過艾蓮，然而那三個人總是會令艾蓮亂了套。實際上，在艾蓮喬裝成攝影師潛入教育旅行時，也曾被捲入枕頭大戰、掉入陷阱，以及全身被埋進沙子裡，只露出一顆頭的窘境。坦白說，她們是艾蓮的天敵。

「……唉。」

過了一會兒，艾蓮像是要重振精神一般深深地呼吸了一口氣之後，從長椅上站起來。

雖然發生意想不到的突發事件，但最強巫師艾蓮並沒有慌亂。

沒錯。最強之人必須經常追求進化。不滿足於現狀，持續向前進才是最強。拘泥於過去不過是愚蠢的行為，重要的是放眼未來。

也就是說，以最強的觀點來看待剛才的事情，根本不算什麼，不過是不值一提的芝麻小事。

艾蓮像是在說服自己一樣，於心中如此主張，輕輕拍了拍臉頰。

艾蓮是ＤＥＭ的巫師，而她們則是普通的女高中生。往後想必不會再碰面了。那麼就當成是作了一場惡夢，快點忘記，繼續享受優雅的休息時光才是明智之舉吧。

如此決定後，艾蓮抬起頭端正姿勢，邁步離開現場。她的假期現在才開始。

「唔……」

時刻是下午三點。肚子有點餓，時間也正好，就來享受下午茶時光吧。艾蓮輕輕地點點頭後，走到大馬路，開始尋找咖啡廳。

結果馬上在馬路旁看見一間疑似咖啡廳的店家。

看起來十分不錯。不是連鎖店，而是個人經營的咖啡廳吧。木製的外部裝潢給人一種溫柔的感覺，高高掛起的招牌用法文寫著「La Pucelle」，店頭還擺著今天推薦菜單的板子。

「少女……嗎？嗯，氣氛不錯呢。」

艾蓮用手抵著下巴點了點頭後，走進「La Pucelle」咖啡廳。打開店門的同時，響起「喀啷、喀啷」的鈴聲。

「歡迎光臨，一位嗎？」

艾蓮進入店裡後，馬上有個身穿可愛服裝的女服務生過來服務。

「對。」

「我明白了，那麼這邊請。」

艾蓮依照女服務生的帶位，坐到靠窗的位子上。午後和煦的陽光照射進店內，內部裝潢以暖色系的顏色統一，令人心情平靜。雖然只是隨便選擇的店，但搞不好選對了。

——我果然很有眼光。艾蓮表現出一副像在誇讚自己感覺敏銳的樣子，滿足地吐了一口氣。

「那麼，我待會兒再過來為您點餐。」

「好，麻煩妳。」

目送女服務生離去的背影後，艾蓮將視線落在菜單上。配合心情挑選茶葉後，翻頁看蛋糕類的品項。

雖然沒看見英國下午茶基本款的司康和小黃瓜三明治，但甜點的種類很豐富。看來，推薦的甜點似乎是加入鮮奶油的泡芙。

「……」

不過，艾蓮露出銳利的眼神，移動視線尋找她心目中的甜點。

鮮奶油泡芙確實也很吸引人，但自從決定享用下午茶的那一瞬間開始，艾蓮就已經決定好了甜點。

「——不好意思，我要點餐。」

艾蓮輕輕舉起手叫住女服務生後，指著菜單點餐。

「我要大吉嶺和——草莓蛋糕。」

艾蓮凜然地挑起眉頭，華麗地點餐。背負最強名號的艾蓮，點餐的優美程度也跟平常人大相逕庭。

「好的，我明白了。」

女服務生點頭鞠躬後，便拿著菜單離開。

艾蓮突然垂下雙眼，開始在腦海裡模擬該如何進攻草莓蛋糕。

沒錯。草莓蛋糕。這才是艾蓮堅持要選擇的甜點。

或許會有人嘲笑點草莓蛋糕太孩子氣，不過，那都是一群「不識貨」的愚昧之人。艾蓮下定決心要嚴厲懲罰那些傢伙。實際上，她以前的部下潔西卡・貝里曾經對在日式餐廳點草莓蛋糕的艾蓮說：「噗！執行部長大人點的東西意外地可愛呢。」那時艾蓮特別製定一對一的訓練計畫，讓她之後約有一星期哭笑不得。

正當艾蓮思考著這種事情的時候，女服務生拿著放有紅茶和蛋糕的托盤過來。

「讓您久等了。這是您點的大吉嶺和草莓蛋糕。」

說完，將紅茶和蛋糕擺到桌上，行過一禮後離開。

艾蓮仔細凝視放在眼前的蛋糕後，發出讚嘆聲。

切成三角形的海綿蛋糕上擠滿了鮮奶油。側面是夾著草莓的縱切面，頂端彷彿掌控這一切似的放著一顆草莓。這是在英國不常見的日式古典風情。

「——太美了……」

艾蓮不由自主地發出讚嘆聲。完美的平衡感。

艾蓮啜飲了一口紅茶好讓心情平靜下來後，拿起叉子，然後集中意識仔細端詳蛋糕的全貌。

——那麼，構成這塊草莓蛋糕的要素中，最強的存在是什麼？

答案十分明顯。就是站在頂端的草莓。

如果被切割、夾在海綿中間的一堆草莓是凡夫俗子，那麼唯一保持美麗形狀的這顆草莓才是頂尖人物。也就是說，是適合艾蓮的終極個體。

或許是重視美觀，最近似乎也有將切片草莓擺成像花瓣一樣的草莓蛋糕，但艾蓮認為那種東西根本是旁門左道。正因為完美才叫最強。這個形狀才是草莓蛋糕的完成形。

「——那麼……」

手上拿著叉子的艾蓮首先做的動作是把頂端的草莓挑起來，放在盤子旁邊。

這並非出於想把喜歡的東西留在最後吃這種孩子氣的思考而做出的舉動。艾蓮是最強，然後這顆草莓也是最強。既然如此，同為頂尖人物一決雌雄的場面，當然要留到最後。

艾蓮吐出滿足的氣息後，將叉子插進海綿蛋糕，切成一口大小後送往嘴裡。軟綿綿的海綿蛋糕和甜而不膩的鮮奶油，以及夾在中間的草莓爽口的酸味，在口中絕妙地混合。

「呵……就凡夫俗子的程度來說，還不差嘛。」

艾蓮嘴角浮現出從容的笑意，將海綿蛋糕一掃而空後，啜飲了一口茶杯裡剩下的紅茶。

——好了，表演時間到了。盤子裡只留著最強的草莓。艾蓮感到些許的緊張和興奮，打算將叉子刺進草莓。

然而，就在那一瞬間……

「啊嗯！」

突然有人出現在艾蓮的視野，抓起盤子上的草莓，隨後立刻一把扔進自己的嘴裡。

「咦——？」

艾蓮目瞪口呆，望向搶走草莓的方向——「噫！」的一聲，頓住了呼吸。

「艾蓮小～姐，要喝茶的話也不邀我們。」

「就素說呀，真素見歪耶～」

「不過，還真巧呢。可以一起坐嗎？」

出現在眼前的是剛才應該甩掉的三個女生，亞衣、麻衣、美衣。順帶一提，中間的麻衣嘴裡好像在嚼食什麼。看樣子，艾蓮的草莓就是被她給吃掉了。

「妳們怎……怎麼會在……這裡……」

「咦？喔喔，我們在這裡打工～」

「嗯咕，呼～多謝招待。不過，我們今天不用打工就是了～」

「這裡的茶和蛋糕都很美味，我們也常常以客人的身分來光顧～」

「什……什麼……」

艾蓮臉色發白地面對微笑回答的三人。

以為逃離怪物的身邊而鬆懈下來後，竟然來到了怪物的巢穴。這發展簡直像是廉價的恐怖片。艾蓮將剩下的紅茶灌進乾渴的喉嚨後，拿起帳單想要站起來。

「不……不好意思。」

不過，亞衣剛好在這個時候用力按住艾蓮的肩膀，將她的身體固定在椅子上。

「妳……妳這是做什麼……！放開我！」

即使艾蓮慌亂地擺動手腳，也無法逃脫亞衣的束縛。

「哎呀～有什麼關係嘛～」

「難得碰到，就一起喝茶嘛～」

「沒錯、沒錯。我推薦好吃的東西給妳。」

「我……我已經用完餐點了，妳們自己享用吧……！」

即使掙扎著身體，想辦法逃脫，依舊是徒勞無功。

「咦咦～不要這麼說嘛～我會招待妳很多東西喔。」

「啊，我拜託店長拿隱藏菜單或是研發中的蛋糕出來請妳好了。」

「咦～～可是店長的新菜單有時候太過標新立異了吧。」

「啊～～好像是喔。我覺得鹹魚聖代根本有病吧～～」

「啊哈哈，那個超難吃的。還有像是納豆布丁之類的。」

「對喔、對喔。不過，我個人覺得最可怕還是那個，蝗蟲巧克力。」

「啊～～妳說把蝗蟲佃煮（註：用醬油和糖將海產等食材燉煮入味的料理）沾滿巧克力的東西嗎？那個超噁心的耶～～」

「可是，聽說外國人的味覺不太一樣，艾蓮小姐應該敢吃吧？妳看，草莓跟蝗蟲都是兩個字差不多，就當作我剛才吃掉草莓的賠罪吧。」

「我記得英國人會把切成大塊的鰻魚做成果凍來吃吧？」

「真的假的？文化差真多。不過，感覺跟店長很合得來呢。」

「好，那就試試看吧。店長！我要點餐！鹹魚聖代、納豆布丁和蝗蟲巧克力各一份！」

「什麼！我……我——」

艾蓮聽見頭上交錯的可怕話語，屏住了呼吸，結果亞衣、麻衣、美衣回以滿面的笑容。

「噫……！」

艾蓮頓住呼吸，縮起身子。

◇

「……嘔呃……」

吐出來的氣息好臭。艾蓮處於不斷重複聞到自己喉嚨裡發出的臭味而想嘔吐的惡性循環中，癱軟無力地橫躺在長椅上。

在那之後，以宛如早就準備好的速度端出來的三種料理，每一道在入口之前就能輕易料想到應該會對人體造成嚴重的傷害。

之後的事情，艾蓮根本不想回想。身體被按住，納豆布丁和鹹魚聖代分別從左右邊同時塞進口中，強制性地咀嚼，硬被逼著吞下去。壓根兒不想形容它們的味道和口感，不過硬要說的話——就是地獄。這些食物讓人不禁再次體會到創造出這種東西的人類有多麼罪孽深重。如果艾蓮是為了調查行星而來到地球的外星人，肯定會馬上建議自己的星球毀滅人類。

之後，艾蓮用快要哭出來的表情哀求三人：「我什麼都願意做，拜託不要逼我吃蝗蟲巧克力。」演出想嘔吐的樣子（終究是演出來的），讓她們放自己去廁所，然後從窗戶逃走。當然，為了避免以後引起紛爭，她把自己點的紅茶和蛋糕的錢留在廁所。

現在艾蓮所處的地方，是在跟剛才不同的公園長椅上。因為附近能漱口的地方，頂多就只有

這裡了。

「……唉。」

休息了一會兒之後，艾蓮緩緩地坐起來。

時刻已經快要下午五點。雖然四周還很明亮，但路上來往的行人裡，已經開始摻雜踏上歸途的小孩和買完東西的主婦，城市漸漸準備入夜。

「……」

艾蓮一語不發地眺望著這樣的景色，一邊思索著事情。

下午五點。這時間已經可以回飯店了。那三人再怎麼神通廣大，也不可能出現在艾蓮住宿的飯店吧。今天發生了太多事，令她精疲力盡。為了明天有好精神，今天早點休息才是上策吧。

不過，艾蓮微微皺起眉頭。

今天她休假。是最強巫師艾蓮・梅瑟斯優雅的休假。

然而事實上又是如何？被莫名其妙的三人組打擾，甚至無法好好享受下午茶時光。

艾蓮的自尊心不允許她現在回到飯店房間。

「——那麼，接下來……」

艾蓮自言自語地呢喃後，邁步離開公園。

然後順著道路前進，約十五分鐘後，她停佇在某棟建築物的前面。

那是一棟以直線構成的巨大建築物。一樓牆面是透明玻璃，能看見一整排跑步機和健身車。

沒錯。艾蓮完美休假計畫的最後活動。享受完下午茶放鬆片刻後，當然要來健身房流流汗。

這間健身房離艾蓮住宿的飯店也很近，所以艾蓮逗留在日本的期間經常利用。身為最強巫師之人，也不能疏忽肉體的鍛鍊。

「……」

想到這裡，艾蓮一臉不悅地皺起臉孔。

其實艾蓮最近才開始上健身房。

……具體的時間是，自從在之前的教育旅行被亞衣、麻衣、美衣抓去參加枕頭大戰之後。平常全仰賴隨意領域，幾乎沒做過像樣運動的艾蓮在枕頭大戰過後，很沒出息地全身肌肉痠痛。

「唔……」

艾蓮像是要甩開腦海裡自動浮現的亞衣、麻衣、美衣的面容似的搖了搖頭，走進健身房。

然後鬆了一口氣。

這間健身房的設備和規模都很標準，會員費也不是特別貴。不過，這終究是對於像艾蓮這樣的社會人士而言，對於可能要籌措每個月的零用錢和打工費的女高中生來說，是一大筆金額。那三個女生再怎麼樣也不可能追到這裡來吧。

以防萬一，艾蓮確認了一下背後才在櫃台完成登記，然後上樓。

健身房裡有各式各樣的健身器材和訓練肌力的機器，一應俱全，但艾蓮的目的並非使用這些機器，而是位於二樓的室內游泳池。

在水中這種對身體造成負荷的狀況下所做的全身運動，對訓練體力非常有效率。而且最棒的一點在於看起來很華麗。雖然她沒有打算對在一樓努力健身的凡夫俗子說三道四，但一旦成為像艾蓮這樣的人物，必須連訓練也要優雅地進行。從這一點看來，游泳也是最理想的運動方式。以優美的姿勢在水中移動的姿態，宛如童話故事中的人魚公主。艾蓮垂下雙眼，想像自己游泳的姿態，得意洋洋地從鼻間哼了一聲。不愧是我，連鍛鍊都如此完美。

艾蓮從投幣置物櫃裡拿出訂做的競泳泳衣後，迅速地換上，在裝設於置物櫃室牆面上的全身鏡前，稍微擺了一下姿勢。

勻稱的美麗身體包覆在設計高雅的競泳泳衣之下。簡直是完美無缺，最強的身材。

……雖然上臂的部分有點鬆軟，整體而言也希望再增加一些肌肉，但一碼歸一碼。艾蓮無庸置疑地是人類最強，換句話說，也能斷言這就是最強的身材。

艾蓮撩了一下頭髮後，以模特兒般的走路方式走到游泳池畔。

幸好游泳池裡沒有什麼人。這樣就能毫無顧慮地盡情游泳了吧。

「——好，那麼開始游吧。」

艾蓮簡單地做完暖身運動後，走到游泳池畔，站在游泳池中心的第三泳道前。

不過，在她彎曲膝蓋正想跳入水中的時候，發現忘記了一件重要的事。

「哎呀，差點忘了。」

艾蓮如此說道後，拿起堆放在游泳池畔角落的某樣東西，再次站在泳道前悠然地扠起腰。

最強巫師艾蓮上戰場時，身上會覆蓋最強的鎧甲，手裡會握住最強之劍。那分別是CR-Unit〈潘德拉剛(Pendragon)〉和主兵裝〈王者之劍(Caledfwlch)〉。

同樣的，艾蓮在入水時也一定會裝備某樣東西。

那是形狀有如盾牌的用具。表面和側面設計成光滑的材質，不管拿哪裡手都不會痛，思慮周到。另外，還擁有不會沉到水裡的奇妙特性，對輔助使用者游泳方面也是非常優秀的存在。

既是守護王者之身的盾牌，同時也是浮舟。艾蓮仿效受聖母庇護之盾，稱呼它為〈普利德溫(Prydwen)〉。

若用一般的表現方式——則是人稱「浮板」的游泳用具。

「——要下水囉，〈普利德溫〉。」

艾蓮以認真的眼神如此說道後，「啪！」的一聲跳下水，雙手緊抓著〈普利德溫〉，朝游泳池的牆面一蹬。

然後拚命舞動雙腳，慢吞吞地朝前方前進。

「呼——！呼——！呼……！」

當然，最強之人必須無時無刻面向前方。像在地上爬一樣面向下方，是敗者和凡夫俗子才有的作為。艾蓮秉持著這個信念，抬起頭不讓臉部碰到水面，慢慢地、慢慢地穿過游泳池。

數分鐘後，終於抵達游泳池的另一頭。

「噗哈……呼……呼……」

艾蓮將腳踏到游泳池的底部後，滿足地吐了一口氣。

然後，望向自己剛才游過的游泳池。

「游了二十五公尺。我果然是最強的。」

完美得連自己都感到害怕。艾蓮一手抱著〈普利德溫〉，一手扠著腰。

「回程也游回去吧……〈普利德溫〉。」

艾蓮像在對〈普利德溫〉說話似的如此說道，放鬆手臂的力量後，〈普利德溫〉便像是回應艾蓮一般躍入了水面。

「呵呵——很好。」

艾蓮狂妄地笑了笑後，再次用雙手抓住〈普利德溫〉，踹了游泳池的牆面一下。

畢竟已經游完二十五公尺的超長距離，疲勞累積、全身筋骨發出悲鳴。想必這就是人體的極限吧。若是平常人，早就雙腳著地放棄了吧。

不過，艾蓮不同。她使勁抓住〈普利德溫〉，用力踢著水前進。

「呼……呼……呼……」

然而，就在那一瞬間——

「——什麼！」

艾蓮猛然屏住了呼吸。理由很單純。因為有人突然抓住她踢水的腳。

即使艾蓮想擺動腳部，那隻手仍然緊緊抓住她的腳踝不放，令她動彈不得。不僅如此，還宛如要將艾蓮拖到水底一般，一口氣將她的腳往下拉。

「嗚哇……！」

由於事發突然，艾蓮感到驚慌失措，鬆開了〈普利德溫〉。

「普——〈普利德溫〉……！」

就算緊急伸出手，也已經來不及了。擁有強烈浮力的〈普利德溫〉在艾蓮鬆開手的瞬間，便衝出了水面。

同時，艾蓮的身體被拖向水中。

「咕噗……！咕嚕嚕嚕嚕……！」

即使慌亂地擺動手腳，身體還是沒有浮起來的跡象。空氣漸漸從肺部溜走，意識逐漸模糊。

然後，在水中掙扎時，艾蓮看見一名戴著蛙鏡、似曾相識的少女正抓住她的腳。與此同時，傳來含糊的聲音。

「啊！美衣真是的，這樣很危險耶！」
「妳沒事吧？要小心才行啦。」
「咳、咳……啊～～抱歉、抱歉。我的腳突然抽筋了……咦？」
「嗯？什麼事？」
「怎麼了？」
「沒有啦……只是剛才快要溺水的時候，我好像抓住了什麼東西……」
「咦～～該不會是抓住稻草了吧？」
「嗚哇，亞衣，妳那是什麼模仿諺語的高級冷笑話啊。」
「太可怕了～～妳是什麼時候學會這招的？」
「……呃，妳們反應這麼大，我反而覺得很丟臉耶……」
「奇怪？那裡是不是浮著一個人啊？」
「咦？啊！真的耶！不好了！」
「有個金髮女生好像變成浮屍了！」
在這樣的對話漫天交錯時，艾蓮早已失去了意識。

「……啊！」

之後不知道昏睡了多久，艾蓮赫然睜開雙眼。

同時，馬上理解自己身上發生了什麼事。

「什麼──」

艾蓮僵住身體。不過，那也是理所當然的事。因為亞衣嘟起嘴唇，發出「啾～～」的聲音，逼近仰躺在地的艾蓮的臉。

「妳……妳在幹什麼啊……！」

艾蓮慌慌張張地擋住亞衣的臉，阻止了她的侵略。

「還能幹神馬……當然素人工呼吸啊。」

亞衣依舊嘟著嘴說道。然後，幾乎同一時間，周圍傳來熟悉的聲音。

「喔喔，醒來了、醒來了。」

「艾蓮小姐，妳沒事吧？」

「妳……妳們是……」

艾蓮臉頰流下汗水，並且往左右看去。於是看見跟亞衣一樣穿著競泳泳衣的麻衣和美衣，跪坐著探頭看著艾蓮。

這時，被艾蓮擋住臉的亞衣發出「嘿咻！」一聲，站了起來。

「啊～太好了、太好了。」

「我還擔心要是艾蓮小姐妳沒醒來的話，該怎麼辦才好呢～」

「嗯、嗯，幸好沒事～」

「……」

追根究柢，還不是因為美衣抓住她的腳造成的，不過艾蓮不想再跟她們聊這件事。她微微皺起眉頭，一語不發地緊咬牙根。

不知亞衣、麻衣、美衣是如何解讀艾蓮的沉默，三人偏著頭，彼此對視了一瞬間，然後捶了一下手心。

「啊，妳不用擔心。只有我們對妳做過人工呼吸而已。」

「沒錯、沒錯。女生之間不算數啦。」

「頂多一人做過三輪罷了～」

「什麼……！」

聽見亞衣、麻衣、美衣說的話，艾蓮赫然瞪大雙眼，不由自主地撫摸嘴唇。

「不過，艾蓮小姐妳的身材真好呢～」

「嗯、嗯，超驚人的。啊，妳可別誤會喔。我們是在幫妳按摩心臟。」

「雖然也有按摩一下其他地方啦，不過一樣是按摩，我不會多收妳錢的啦！」

「……！」

三人用宛如好色大叔般的眼神看著艾蓮，像是在回味觸感一樣扭動手指。看見三人淫穢的舉動，艾蓮臉色發白，抱住肩膀遮住胸部，像是要逃離三人一樣往後退。

「什……妳……妳們到底趁我失去意識的時候，對我做了什麼……！」

艾蓮以破音大聲吶喊後，亞衣、麻衣、美衣發出「嘿嘿嘿嘿嘿！」的邪惡笑聲一會兒後，捧腹大笑了起來。

「我們開玩笑的啦，開玩笑。」

「艾蓮小姐很快就清醒了，所以全部沒做啦～～」

「艾蓮小姐真是可～～愛！」

「什麼……！」

看樣子，她們只是在捉弄自己。艾蓮感到憤怒和些許的安心，露出微妙的表情。

「……話說，妳們怎麼會在這種地方？高中生不用上健身房，去社團活動就行了吧。」

艾蓮詢問後，亞衣、麻衣、美衣便「啊哈哈」地發出笑聲。

「哎呀～～是碰巧啦、碰巧。」

「因為今天很熱，而且又能幫助消化，就很想去游泳啊。」

「但也懶得特地跑去市民游泳池。」

「然後就看見這裡的招牌前面寫著『免費體驗活動實施中！』啊～」

「沒錯、沒錯。覺得這根本是命中注定～」

「而且甚至還願意租給我們泳衣，真是親切呢～」

「……唔！」

——幹嘛沒事辦這個活動啊。艾蓮緊緊握住拳頭，幾乎要滲出血。本來因為離飯店近很方便才使用的，但她下定決心，從今以後再也不來這間健身房了。

總之，艾蓮一秒也不想跟這三人待在同一個空間裡。她緩緩站起身後，直接走向置物櫃。光是待在她們身邊，步調就整個被打亂。甚至懷疑她們身上是否會散發出危害人體的電波。

「咦，妳要去哪裡啊，艾蓮小姐～」

「妳不游了嗎？」

「一起玩嘛～」

三人開口對艾蓮說話，但艾蓮完全不予理會，回到了置物櫃。然後迅速地擦拭身體、換好衣服、吹乾頭髮，快步走出健身房。

「……唉……」

然後，憂鬱地嘆了一口氣。

……已經到達極限了。今天就無奈地回去飯店，安穩地度過休假吧。今天發生的事情，就當

成是作了一場惡夢，忘了吧。只要在飯店房間裡喝著客房服務送來的葡萄酒，一邊看著電影，現在開始也能度過一個優雅的夜晚吧。對現在的艾蓮來說，這是一件十分美好的事。

一旦如此決定後，浪費一分一秒都覺得可惜。艾蓮用眼角餘光確認左右沒有來車後，便穿越馬路，走到對面的人行道。

然而──

「等一下、等一下，艾蓮小姐！妳未免收拾得太快，沒有一絲多餘的動作！」

「我們難得巧遇，再聊久一點嘛！」

「虧我們還救了在游泳池溺水的妳耶！」

遠方傳來這樣的吶喊聲，艾蓮抽動了一下眉毛。看來三人特地換好衣服，跑過來追艾蓮。

「……」

由於三人太過纏人以及那自私的說話方式，艾蓮感覺到自己的頭腦裡有某種東西斷裂。

今天發生的事情依序掠過腦海。不，不只今天。教育旅行喬裝成攝影師隨行左右的記憶，接二連三地甦醒。

仔細回想，艾蓮或許對她們太客氣了。教育旅行時，由於目標是夜刀神十香，所以就沒跟她們計較。今天則是顯示出強者的從容態度，覺得跟她們一般見識也於事無補。說服自己就像獅子不將螞蟻放在眼裡一般，只要擺出悠然的態度就好。

不過，就算艾蓮和她們之間有一道無法跨越的牆，但對於過於無禮的行為，是否還是該做出相對應的處置？就算是獅子，只要螞蟻聚集在手腳，也會感到厭煩而甩掉牠們吧。

艾蓮經常隨身攜帶小型的顯現裝置。也就是說，只要艾蓮有心，也能在不裝備CR-Unit的情況下展開隨意領域。

她能在轉瞬之間勒死這三個平凡人。她以往之所以沒這麼做，不過是一時心血來潮和起惻隱之心罷了。

不過她不會再手下留情。她們太踰矩了。就算不殺她們，也有必要狠狠教訓她們一頓吧。

「我已經無法忍受了……我要妳們後悔跟本小姐艾蓮．梅瑟斯作對……！」

艾蓮為了展開隨意領域，在腦內下指令，同時轉過頭。

於是，亞衣、麻衣、美衣因戰慄和恐懼而瞪大雙眼的表情映入眼簾。

「噫！」

「哇啊！」

「不會吧……！」

看見她們一臉慌張的表情，艾蓮不由自主地揚起嘴角。

還沒展現威力，她們就已經感受到最強巫師艾蓮懾人的氣魄了吧。沒錯、沒錯。艾蓮都快要忘記這種感覺了，她顫抖著身體。凡夫俗子只能跪伏在最強艾蓮的面前，誰都休想小看艾蓮。

不過，現在才發現也已經來不及了。既然惹火艾蓮，就只能吃不完兜著──

「……？」

就在這個時候，艾蓮察覺到不對勁。

亞衣、麻衣、美衣的視線，似乎朝著跟艾蓮不同的方向。

而且，那個方向還響起刺耳的剎車聲和喇叭聲。

艾蓮朝聲音來源瞥了一眼，發現有一台大型卡車正以飛快的速度朝追逐艾蓮而衝到車道的亞衣、麻來、美衣開去。想必先前開車的速度十分驚人，即使猛踩剎車仍然沒有要停止的跡象。

而且說到當事人亞衣、麻衣、美衣，或許是因為事發突然而雙腿僵住，沒有打算從現場離開。這樣下去，恐怕會釀成大禍。

「……！」

艾蓮不禁屏住呼吸。

不過，那並不是因為她擔心亞衣、麻衣、美衣的安危。那種事情，艾蓮根本打從心底覺得無所謂。

對艾蓮而言重要的事情是──比起最強巫師艾蓮，那三個人竟然更害怕不過是數噸程度的鐵塊這項事實。

「那種……貨車……竟然比我更……？」

艾蓮感覺自己最後僅存的自尊產生了裂痕。

「──開什麼玩笑啊……！」

艾蓮以粗暴的口吻大聲吶喊後，「咚！」的一聲，狠狠踏向地面。

瞬間，隱形的魔力障壁以艾蓮為中心向外擴展開來。柏油車道陷入在圓形的範圍內，逼近亞衣、麻衣、美衣眼前的大卡車受到隨意領域的阻擋，被迫緊急停止。前方的擋風玻璃整片都產生龜裂，保險桿如黏士般凹陷。

……周圍陷入片刻的沉默。

那也難怪。大卡車快要撞上女高中生的瞬間，車子的前半部分半毀，車體緊急停止。而且，地面往下陷，女高中生們毫髮無傷。乍看之下，或許會以為是女高中生阻擋住大卡車。接著，周圍開始嘈雜了起來，逐漸聚集一堆看熱鬧的民眾。

不過，對艾蓮來說，那種事情根本無關緊要。

現在艾蓮的腦袋裡，只有讓那三人感受到艾蓮的可怕這件事。她要三人流著淚哀求自己，懺悔以往的罪過，緊抱住艾蓮的大腿求她原諒。不看到亞衣、麻衣、美衣這樣做，她無法消氣。艾蓮緩緩走到呆愣地佇立在原地的三人身邊。

「嚇死我了……剛……剛才是怎麼回事……」

「咦……難不成剛才的事情是美衣幹的？因為陷入危機讓不可思議的力量覺醒？」

「不……不是，我什麼都沒有做……」

看見三人目瞪口呆的模樣，艾蓮揚起嘴角冷笑。

「呼……妳們看見了吧。這下妳們知道了吧？只要我一出手，像妳們這種──」

──不過，就在這一瞬間……

「喔喔！士道，發生什麼事了啊，好多人喔！」

「嗯……不知道呢。可能是發生交通意外了吧？」

「交通意外？是指被車子還是什麼撞到了嗎？」

左邊響起似曾相識的聲音。

「什麼……！」

艾蓮不由得顫抖了一下肩膀，瞪大雙眼。

因為她熟悉的面孔出現在看熱鬧的人群之中。

中性的五官、看似溫柔的少年，以及一頭漆黑的長髮和水晶般的眼瞳為其特徵的美少女。

──DEM Industry的一級目標，五河士道和夜刀神十香。

他們確實也住在這個天宮市，碰到面的可能性並非是零。不過，沒想到竟會在這個時間點。

「啊──」

就在這個時候，艾蓮感覺到自己的腦袋急速冷靜了下來。

——自己究竟在做些什麼？竟然為了想報復亞衣、麻衣、美衣這種理由，而在大眾面前使用顯現裝置，簡直失去了理智。而且夜刀神十香和五河士道還出現在現場。

當然，如果正面對決，艾蓮絕不會輸。不過，現在並不處於作戰行動的狀態，無法擅自採取行動。

如同艾蓮認識他們一樣，他們也熟識艾蓮的面貌。現在最好不要在這裡讓他們看見。艾蓮急忙轉身，躲在卡車後面。

於是，十香發出低吟聲說道：

「唔……人好多，看不見耶，士道！」

「這也不是什麼好看的畫面……好了，聚集太多人也只會造成妨礙，走吧。不快點就來不及準備晚餐了。」

「唔，那可就糟糕了！快走吧，士道！」

說完，兩人離開了現場。艾蓮鬆了一口氣。

然而——

「……？」

士道和十香兩人的身影消失的同時，艾蓮有一種奇妙的感覺。沒錯，宛如背後承受刺人視線般的感覺。

艾蓮回過頭，發現亞衣、麻衣、美衣不知何時繞到她的背後，眼睛閃閃發光地看著她，露出一副彷彿忘記剛才差點喪命和捲入奇妙現象的表情，滔滔不絕地說道：

「剛才說話的是五河同學和十香對吧！」

「吶、吶！妳剛才為什麼要躲起來？為什麼要躲起來？」

「艾蓮小姐，妳該不會是喜歡五河同學吧？」

「什……什麼！」

艾蓮作夢也想不到三人竟然會說出這種話，瞪大了雙眼。

「為……為什麼會變成這樣啊？」

「因為如果不是這樣，妳沒有理由躲起來吧！」

「咦？莫非是教育旅行的時候發生了什麼事嗎？」

「告訴我們嘛！快點快點，跟大叔們說說看！」

「那個，我說妳們啊……」

「沒錯……教育旅行的那一天，艾蓮小姐肯定跟五河同學度過了一輩子難忘的熱情夜晚！」

「可是，從旅行回來之後，他卻音訊全無！不……不可能會這樣。那一晚，他明明在我耳邊呢喃著他有多麼愛我！」

「不過，艾蓮卻看見了。看見他和其他女人恩恩愛愛走在一起的畫面……！」

「呀————————！」

三人一齊大叫出聲。

要是因為三人大叫而被五河士道兩人發現就糟了。艾蓮拚命地試圖安撫三人。

「那……那個，可以盡量安靜一點……」

「啊！抱歉、抱歉。說得也是，妳不想被五河同學發現吧。」

「嗚嗚，多麼悲哀啊。都已經被他背叛，還這麼顧慮他的心情，這種心態……大和撫子還沒有絕種啊！其實是在英國！」

「話說回來，五河同學的魔爪竟然伸到只不過一起待三天的攝影師小姐身上去，真是個急色鬼耶。」

「真是爛透了。這已經是第幾個人受害啦？」

「艾蓮小姐，雖然我想妳可能要花很久時間才能釋懷，不過勸妳放棄那種男人吧。」

「沒錯、沒錯。據說他有戀童癖、戀母情結和戀妹情結喲～」

「不，不是這樣啦……」

「啊啊！說得也是，一旦愛上了，那種事情都無所謂吧！」

「多麼惹人憐愛啊！」

「想哭就到我懷裡哭吧！」

「長官大人！屬下有個提議！」

「說說看吧，山吹上兵！」

「是！今晚到我家聚會，談論戀愛話題如何！」

「女生聚會，談論戀愛話題……！這該不會是一邊暢飲芬達，一邊配便利商店買來的大量零食，一直聊酸酸甜甜的戀愛故事聊到早上，不想長大的大人特有的那種聚會吧！」

「是！而且今天我父母不在家！可以盡情喧鬧！」

「嗚喔喔喔喔喔喔喔喔喔喔喔喔喔喔喔喔喔喔喔喔喔喔喔喔喔喔喔！」

聽見亞衣說的話，麻衣和美衣眼睛散發出燦爛的光芒，大聲吶喊。

下一瞬間，艾蓮的雙臂被人從左右方緊緊束縛住。

「妳……妳們幹嘛啊！」

「這還用問嗎？主角不在怎麼開始呢～」

「艾蓮小姐，妳喜歡什麼口味的芬達？」

「今晚不讓妳睡喔。」

說完，三人浮現由衷感到開心的笑容。

「不……不……不要啊啊啊啊啊啊啊啊啊啊！」

艾蓮甚至忘記展開隨意領域，發出慘叫聲。

◇

隔天，艾蓮到DEM Industry日本分公司上班。

不過，由於被迫參加通宵的女生聚會，她的皮膚暗沉，眼睛下方浮現黑眼圈，全身散發出懶散的氣息。這副模樣在平常的艾蓮身上是絕不可能看見的。

「……可……可惡……下次讓我遇到，我絕不會善罷干休……」

艾蓮自言自語般說道，並且握緊拳頭。想必她的表情十分嚇人，從對面走來的女性職員一看見她的臉就發出「噫！」的一聲，逃走了。

「……」

不能這樣下去。艾蓮就像轉了一個念頭般，深呼吸讓心情平靜下來。

沒錯。昨天發生的事只是惡夢一場，最強的艾蓮不會因為那種事情而動搖。沒錯，絕不會因為……那種……事情……

「唔咕咕……」

想起昨天的事，艾蓮咬牙切齒，又把從前面走來的職員嚇得臉色發青，拔腿就跑。

就在這個時候——

「——嗨，艾蓮。」

後方響起熟悉的聲音對她打招呼，艾蓮赫然顫抖了一下肩膀。

但她馬上掩飾自己驚訝的表情，端正姿勢後面向後方。果然如艾蓮所料，那裡站著艾薩克‧威斯考特。

「您早，艾克。」

「早啊，今天也是個舒服的早晨呢。」

「……是啊，沒錯。我還以為我再也看不到早上的太陽了呢。」

「？妳有說什麼話嗎？」

「……！不……不，我什麼都沒有說。」

昨天女生聚會的記憶不由自主地在腦海裡復甦。她急忙用力搖了搖頭。

威斯考特看著艾蓮的模樣，繼續說道：

「——對了，話說妳昨天過得如何？有好好享受久違的休假嗎？」

「唔……呃，那個嘛……」

「依妳的個性，休假的日子應該也過得很完美吧。打個比方來說，我想想——可說是最強的一天吧？」

「……」

威斯考特打趣似的說道。艾蓮止住說到一半的話語。

然後輕輕撩動披在肩上的頭髮，凜然地挑起眉毛開口：

「沒錯——那當然。」

後記

好久不見，我是橘公司。為您獻上《約會大作戰 安可短篇集2》。各位覺得如何呢？如果各位讀者喜歡本書，將是我莫大的榮幸。

那麼，因為在上一集《安可短篇集》寫後記時，頁數多出了好幾頁，我就得意忘形地拿來解說各篇的短篇故事，結果第二集頁數突然變得很少。

因此，我就直接來解說各篇故事了。內容會提及些許的故事情節，請小心。

○狩獵士道

這是在二〇一三年七月號的《Newtype》裡刊登的短篇。順帶一提，這月號的書衣封面是《約會》。呀喝！不同於《Dragon Magazine》，應該有許多人是第一次接觸《約會》，所以這篇讓動畫裡出現的精靈全體總動員。收看占卜節目，而且付諸執行的少女狂三好可愛。

○暑假疑雲

從篇名就可以知道，這篇短篇描述的是暑假發生的事情。剛好是第五集到第六集之間的故事。因為在本篇完全跳過了暑假，所以想在短篇描寫。

簡單來說，在這篇故事裡，我寫折紙寫得好開心啊。潛藏在陰暗森林裡的折紙小姐，簡直跟忍者沒兩樣。琴里妳要更相信妳哥哥一點啊。

○哥哥疑雲

這篇是放在〈暑假疑雲〉後篇的位置。琴里妄想的士織破壞力奇強無比啊，恐怕是這部作品中最會做菜、最會化妝的一個角色吧。只覺得士道生錯了性別。不如寫個士織逐一虜獲（男）精靈的《約會大作戰　女生版》如何？麻煩誰來寫一下。

○精靈國王遊戲

這是收錄在《Dragon Magazine》附錄小冊子裡的短篇……但是篇幅稍嫌有些太長了。《安可短篇集2》之所以會莫名地厚，大多是這傢伙害的。

我個人滿喜歡這篇故事。順帶一提，無論多麼殘酷的命令都能以陶醉的笑容達成的〈October恭平〉也在國內僅有十名的S級排行榜之中，但沒有人知道他的真實身分。

○天央祭比賽

天央祭的最後一天。說到文化祭就想到校花比賽。是描寫古茂田和櫻子等配角描寫得很開心的一篇，特別是綾小路某某花梨，我非常喜歡這種空忙一場的角色。我對責任編輯說：「她搞不好還會出場喔～～」結果編輯回我：「應該不會了吧。」令我意志消沉，不過冷靜思考過後，也不知道到底該讓她在哪裡出場。

○艾蓮．梅瑟斯最強的一天

這是新寫的短篇。艾蓮果然是最強的，總覺得寫起來格外開心。能描寫這種故事也是短篇的魅力呢。我喜歡強悍的艾蓮，但更～喜歡這樣的艾蓮。下次有機會的話，我還想讓她跟天敵糾纏在一起。

那麼，本書依然受到了多方人士的關照才得以完成。非常感謝つなこ老師、責任編輯和諸多相關人士。

那麼，下次如果能在《約會大作戰DATE A LIVE 11》相會，將是我莫大的榮幸。

二〇一四年四月　橘　公司

Kadokawa Light Novels

女性向遊戲攻略對象竟是我…!? 1~2 待續

作者：秋目 人　插畫：森沢晴行

美少女和性命，該選擇哪邊才好？
以「女性向遊戲」為名的怪怪死亡遊戲戀愛喜劇！

我被拋入女性向遊戲世界，莫名其妙成了攻略對象。本來以為美少女只會追求型男，身為平凡男子的我大可放心，但不知怎麼搞的，似乎進入充滿死亡結局「我的路線」了……我打算要盡全力避開她們，但她們不知為何就是主動接近我，使我遍地插滿死亡旗！

各 **NT$190~220/HK$58~68**

台灣角川

KAGEROU DAZE陽炎眩亂 1~5 待續

作者：じん（自然の敵P）　插畫：しづ

講述KANO、KIDO、SETO三人的心酸過往……
動畫超人氣VOCALOID樂曲原創小說第五集登場！

投稿樂曲相關動畫播放數超越2500萬的超人氣創作團隊「KAGEROU PROJECT」所推出的原創輕小說！串連所有相關樂曲的故事首次揭曉，引來更深的「謎團」！──這一切都是發生在八月十四日、十五日的事。全新感覺的燦爛青春娛樂小說！

各 **NT$180~200/HK$55~60**

台灣角川

Kadokawa Light Novels

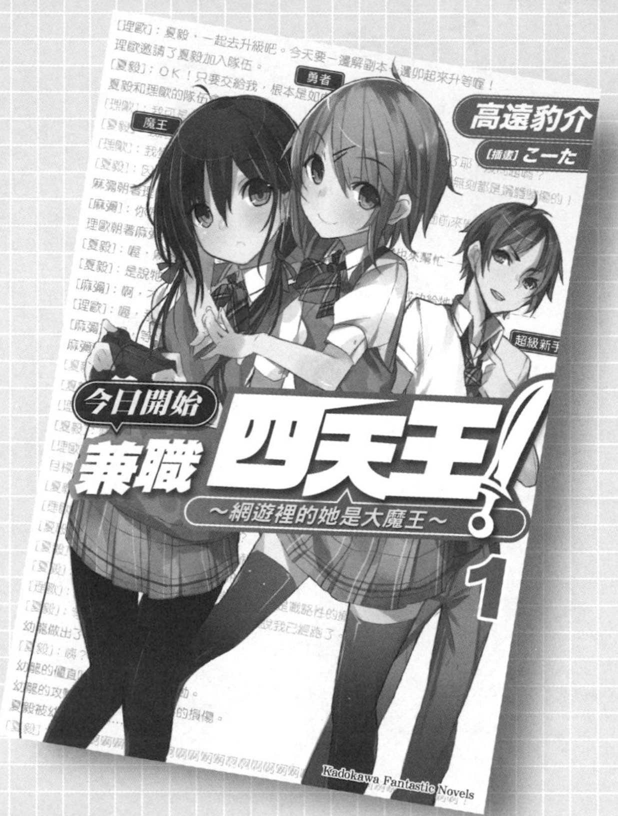

今日開始兼職四天王！ 1 待續

作者：高遠豹介　插畫：こーた

勇者（校園偶像）VS.魔王（青梅竹馬），為了阻止兩人戰鬥，我只好開始兼職四天王……？

初島理央開始了網路遊戲「勇魔戰爭ONLINE」，成為校園偶像的勇者宇留野麻未之親衛隊。後來他意外得知青梅竹馬早坂亞梨沙是魔王！於是又偷偷創新角，成為保護魔王的四天王。為了守護可愛的勇者＆魔王，理央必須一人分飾兩角，妨礙兩人戰鬥……？

NT$200/HK$60

台灣角川

魔劍的愛莉絲貝兒 1~2 待續

作者：赤松中學　插畫：閏月戈

強大的魔女襲來！
唯一與之對抗的方法竟是……同居？

靜刃那「沒有血緣關係的姊姊」矢子到來。美麗溫柔，身為白魔女的本領值得信賴。愛莉絲貝兒因為嫉妒而萌生敵意。

此時學校的女王，學生會長瑠姬赫莉茲向靜刃提出決鬥。貘對此擬定的作戰，竟是要讓靜刃與矢子共處一個屋簷下……？

各 NT$200~240/HK$60~75

Kadokawa Light Novels

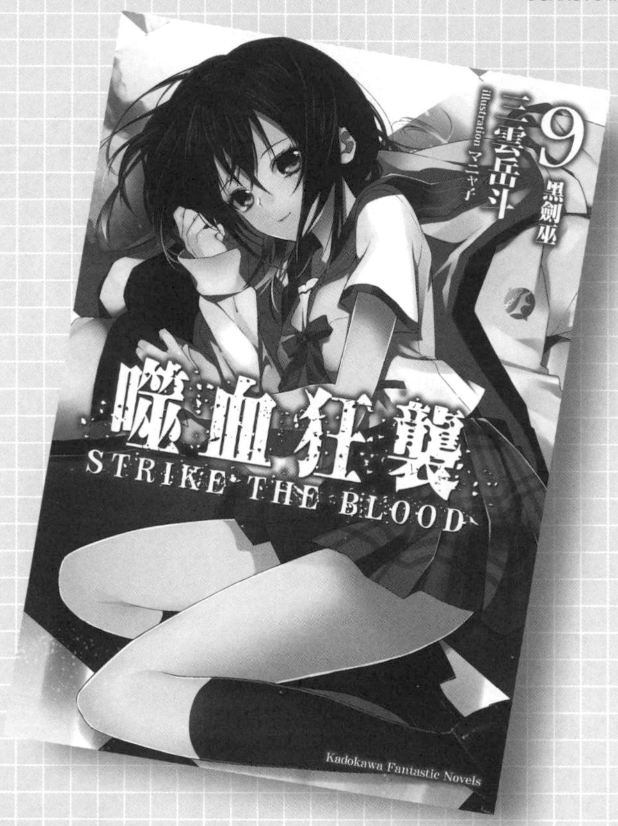

噬血狂襲 1~9 待續

作者：三雲岳斗　插畫：マニャ子

古城等人被招待到絃神島新落成的度假村，
卻被迫接下打工的苦差事 ── !?

　　蔚藍樂土是絃神島新落成的度假村。被免費招待到那座島上的古城等人遭矢瀨設計，被迫接下打工的苦差事──煌坂紗矢華也來到了蔚藍樂土，要拯救被囚困在研究設施的神祕少女結瞳。然而，在她面前出現了和雪菜使用相同招式的陌生攻魔師「六刃」──！

各 **NT$180~240/HK$50~75**

台灣角川

我的校園生活才正要開始！

作者：岡本タクヤ　插畫：のん

「高橋社」的
校園支配計畫即將啟動……!?

在高二的某一天，黑心美少女佐藤找上了高橋，她為了當上學生會長而要求高橋善用他的才能暗中活動。高橋因此得到了一個為此特地成立的冒牌社團「高橋社」。高橋能否揮別黑暗的過去迎接光輝洋溢的校園生活？無關愛情與友情的失序校園喜劇就此展開！

NT$200/HK$60

國家圖書館出版品預行編目資料

約會大作戰DATE A LIVE安可短篇集 / 橘公司作 ; Q太郎譯. -- 初版. -- 臺北市 : 臺灣角川, 2014.03
面； 公分
譯自：デート・ア・ライブ アンコール
ISBN 978-986-325-856-8(平裝). --
ISBN 978-986-366-311-9(第2冊 : 平裝)

861.57 103001858

Kadokawa
Fantastic
Novels

約會大作戰DATE A LIVE 安可短篇集 2

（原著名：デート・ア・ライブ　アンコール 2）

2015年2月10日　初版第1刷發行
2024年7月3日　初版第5刷發行

作　　者：橘公司
插　　畫：つなこ
譯　　者：Q太郎
發 行 人：台灣角川股份有限公司
總　　監：呂慧君
總 編 輯：蔡佩芬
主　　編：林秀儒
編　　輯：孫千棻
設計指導：陳晞叡
美術設計：吳佳昫
印　　務：李明修（主任）、張加恩（主任）、張凱棋、潘尚琪

發 行 所：台灣角川股份有限公司
地　　址：104台北市中山區松江路223號3樓
電　　話：(02) 2515-3000
傳　　真：(02) 2515-0033
網　　址：www.kadokawa.com.tw
劃撥帳戶：台灣角川股份有限公司
劃撥帳號：19487412
法律顧問：有澤法律事務所
製　　版：巨茂科技印刷有限公司
ISBN：978-986-366-311-9